Kermit Shelby

Schneewolke

Davongekommen

Vom Grat eines flachen Felsens, der das Tal überragte, beobachtete Schneewolke, das wilde einjährige Schimmelfohlen, die Männer. Neugierig hob er den Kopf, die weiße Mähne flatterte im Wind.

Prinz, der Leithengst, schnaubte aufgeregt. Schneewolke sah sich um. Von weither kam ein Reiter heran. Dann tauchten auch die anderen auf. Sie ritten geradewegs auf die Pferde zu.

Prinz wieherte warnend und galoppierte davon. Nach ihm setzte sich die ganze Herde in Bewegung. Mit angstvoll geweiteten Augen rasten sie auf die Schlucht zu. Plötzlich war der Weg zu Ende. Die hohen Felswände waren zu steil, um hinaufzuklettern. Die wilden Pferde drängten sich schnaubend aneinander.

Dann waren die Männer da. Auf zahmen Pferden ritten sie ihnen langsam entgegen. Es gab kein Entrinnen mehr. Oder doch? Mit wütendem Wiehern stürmten Prinz und einige mutige Pferde auf die Männer los.

Schnell spannten die Männer ein Seil. Lassos flogen durch die Luft. Entsetzt blickte Schneewolke sich um. Seine Mutter lag ausgestreckt am Boden und stöhnte. Um ihre Vorderbeine war ein Seil geschlungen.

„Lauf davon, Schneewolke, lauf davon!“ schienen ihre Augen zu sagen.

Schneewolke rannte. Er sprang durch eine Lücke im Gestrüpp und war bald weit weg von den weißen Männern. Blindlings galoppierte er die enge

Schlucht entlang. Alles an ihm bebte, seine Kehle brannte.

Er machte erst halt, als er auf dem Gipfel ankam. Unten sah er das Haus auf Rädern, das seine Mutter und Prinz entführte. Plötzlich fiel ihm auf, daß er allein war. Mit traurigen Schritten trottete er zur anderen Seite des Berges. Das klare, wohlschmeckende Wasser einer Bergquelle tröstete ihn nur wenig.

In dieser Nacht schlief Schneewolke sehr unruhig. Als die Junisonne warm und rot aufging, zog das weiße Fohlen langsam weiter. Es kam zu einem Bach und folgte seinen Windungen. Plötzlich witterte Schneewolke wilde Pferde. Vorsichtig trabte er weiter.

Dann sah er sie. Es schien, als warteten sie auf ihn. Schneewolke blähte die Nüstern. Waren es Freunde oder Feinde? Diesen Pferden jedenfalls war er noch nie begegnet.

Auf einmal fiel sein Blick auf das Stutenfohlen. Sein Fell sah aus wie bernsteinfarbene Seide, seine Mähne und sein Schwanz glänzten wie poliertes Silber. Mit ruhigen, wassergrünen Augen musterte es ihn.

Wie angewurzelt stand Schneewolke da. Langsam und neugierig kam das hübsche Stutenfohlen auf ihn zu.

Als Bernstein nahe genug war, rieb sie beruhigend ihre Nase an seiner. Schneewolke war nicht mehr allein.

In diesem Sommer wurde Schneewolke größer und stärker. Seine langen Beine wirkten nicht mehr so zerbrechlich, kräftige Muskeln zeichneten sich unter seinem Fell ab. Mit langen Schritten galoppierte er über die weiten Ebenen, Bernstein immer dicht neben ihm.

Die Nüsse fielen früh und reichlich. Eichhörnchen huschten durch die Wälder und legten fleißig Vorräte an.

Es dauerte nicht lange, da kam schon der erste Frost. Er legte tiefen weißen Reif auf das Gras. Schneeflocken fielen, lange bevor es Zeit für den Winter war.

Aber an den Hängen lieferten grüne Weiden noch genügend Gras für die tägliche Mahlzeit.

Als die Herde näher zum Tal kam, sahen sich die Tiere vorsichtig nach aufsteigendem Rauch um. Rauch verrät Menschen, und Menschen bringen Gefangenschaft und unbekannte Schrecken.

Im Dezember schneite es wieder. Unaufhörlich. Die Herde wanderte im Tal. Es wurde immer schwieriger, Nahrung zu finden. Die Pferde magerten ab, und das dicke Winterfell konnte die Löcher zwischen den Rippen nicht mehr verdecken. Noch nie hatte Schneewolke solchen Hunger verspürt.

Manchmal fiel ein Pferd um und konnte nicht mehr aufstehen.

Unaufhörlich trieb der Hunger die Pferde weiter. Jeder Baum, der noch eine Rinde hatte, wurde von den hungrigen Tieren angenagt. Manchmal drückte die Last des Schnees Zweige von Tannen, Kiefern und Wacholderbäumen herunter. Die grünen Nadeln spendeten wertvolle Nahrung.

Während einer besonders kalten Winternacht machte der furchtbare Hunger die Pferde tollkühn. Sie gingen auf die Felder des weißen Mannes, der dort einige Garben Korn zurückgelassen hatte. Endlich konnten sie sich satt fressen. Und nun gingen sie jede Nacht dorthin, bis sie alles Korn verschlungen hatten.

Sehnsüchtig schnupperten die Tiere an den warmen Heuschobern. Aus ihnen strömte herrlicher Duft von Getreide und Heu. Aber der nahe Kaminrauch verhieß Gefahr.

Eines Tages geschah dann das Wunder. Ein Rotkehlchen flatterte durch die Lüfte. Der graue Himmel wurde hell, und der Schnee begann zu schmelzen. Das Eis im Fluß brach. Bäche sprudelten hervor. Überall, wo der Schnee verschwand, sproß weiches Gras aus der Erde. Und es schmeckte so herrlich, wie es duftete! Schneewolke schwelgte in diesem Wunder und vergaß den Duft des Heuschobers.

Die Pferde zogen weiter, der Freiheit entgegen. Für alle, die den Winter überlebt hatten, kam ein angenehmer Frühling.

Die Falle

Die harte Zeit des Winters war schnell vergessen, und die Herde verzog sich in die Berge. Dort wuchs zwischen Felsen und losen Steinen vorzüglicher Klee.

Bernstein hielt sich dicht an Schneewolke. Um an einen der begehrten Kleebüschel zu kommen, mußte Schneewolke oft Felsbrocken mit den Hufen wegschlagen. Wenn Steine durch die Blätter fielen und irgendwo aufschlugen, bemerkte Bernstein es kaum. Sie wußte, daß der kluge Schneewolke auf der Suche nach besonderen Leckerbissen war.

Doch dann geschah es.

Alles war wie immer. Schneewolke schlug ein Stück Felsen ab, nicht größer als sein Vorderhuf. Steine, Erde und Fels kamen ins Rollen. Ein Hohlraum entstand unter dem großen Felsblock. Plötzlich sprang Schneewolke laut wiehernd zur Seite. Der Felsblock bewegte sich. Bernstein sah den großen Brokken auf sich zukommen. In rasendem Tempo galoppierte sie davon. Mit schrecklichem Getöse schlug der Klumpen auf.

Eine Weile war alles still. Mit zitternden Nüstern stand Schneewolke auf einem Felsvorsprung und hielt Ausschau nach Bernstein. Nichts. Vorsichtig trabte er den Felsen entlang. Wieder nichts. Tatsächlich? Doch ja, da war sie. Bernstein stand bebend am Ende des Hohlwegs. Der Spalt vor ihr war zu eng, sie konnte nicht durchschlüpfen. Die Wände zu beiden Seiten waren mindestens zehn Meter hoch. Der herabfallende Felsblock, der den Weg versperrte, war zweimal so hoch wie sie selbst.

Schneewolke horchte. Bernsteins klagende Schreie schnitten wie Messer in sein Pferdeherz. Aber er konnte nicht zu ihr. Der Abhang war zu steil. Bernstein war in der Falle.

Schneewolke versuchte mit allen Mitteln, sie zu erreichen. Umsonst. Rufen, schnauben und seine Mähne schütteln, das war alles, was er tun konnte.

Bernstein stand jetzt ganz ruhig da. Sie sah, daß es nutzlos war, auf den großen Felsblock zu schlagen. Langsam verschwand der wilde Blick aus ihren Augen. Traurig in ihr Schicksal ergeben, schaute sie vor sich hin.

Nach und nach versammelten sich auch die anderen Pferde auf dem Felsvorsprung. Fragend blickten sie auf Schneewolke. Nach einer Weile schritten sie langsam davon. Etwas abseits hielten sie an, um auf Schneewolke zu warten.

Doch der wollte nicht weiterziehen. Ruhelos rannte er hin und her. Seine trostlosen Schreie hallten von den Felswänden zurück.

Wieder schaute Bernstein zu ihm hinauf. Es schien fast, als wolle sie ihn beruhigen.

In der Schlucht wurde es früh dunkel. Hoch über Bernstein verschwanden die letzten Sonnenstrahlen hinter den Berggipfeln. Schneewolke war nicht mehr da. Die anderen Pferde waren weitergezogen, und sie fühlte sich unendlich einsam.

Da, was war das? Von weither erklang ein wohlbekannter Schrei. Ihr Fell sträubte sich, und kalte Schauer jagten ihr den Rücken entlang. Im letzten Winter wurde jedesmal, nachdem dieser Ruf ertönte, ein Tier ihrer Herde getötet. Es war der Ruf eines hungrigen Wolfes.

Bernstein trippelte nervös hin und her. Die Schreie, die zuerst von fern erklungen waren, kamen näher und näher. Nun wußte sie, daß es mehrere waren. Die Wölfe hatten sie gewittert und erkannt, wie allein und hilflos sie war.

Sie schnaubte heftig. Ihre Muskeln zuckten krampfhaft. Auf engem Raum, umgeben von hohen Felsen, wie sollte sie sich verteidigen? Was konnte sie gegen eine Meute hungriger Wölfe ausrichten? Wieder stampfte sie ruhelos umher. Kampflos würde sie sich jedenfalls nicht ergeben.

Nun drang der Ruf des Wolfes von rechts an ihr Ohr. Er kam vom Gipfel des Berges. Gleichzeitig erreichte sie ein Schrei von unten. Ihr Heulen drang durch Mark und Bein. Bernsteins Fell zuckte unaufhörlich. Wenn es nur zwei waren, hatte sie eine Chance. Es war zwar nur eine ganz kleine Chance, aber immerhin. Sie mußte verhindern, daß eins der Tiere auf ihren Rücken sprang. Mit ihren Hufen konnte sie heftige Schläge austeilen.

Gebannt schaute sie auf den Felsvorsprung. Ihre Nase streckte sie in den Wind, um den Geruch der wilden Tiere in der Nähe zu erkennen.

Ein dunkler Fleck bewegte sich in den Büschen über ihrem Kopf. Bernstein schnaubte erschrocken. Dann ließ sie ein furchtbares, wildes Wiehern ertönen. Das Echo hallte in der Schlucht wider. Leises Knurren drang an ihr Ohr. Bernstein drehte sich blitzschnell um und stampfte heftig auf. Ein Felsblock stürzte donnernd zu Tal. Die unheimliche Gestalt verschwand in der Dunkelheit.

Dann ertönte ein neuer Schrei vom Felsgrat. Herausfordernd blies Bernstein durch die Nüstern. Zwei dunkle Umrisse hoben sich im Mondlicht deutlich ab. Sie wußte, daß die Wölfe zum Angriff bereit waren. Es schien, als müßten sie nur noch beraten, wie sie ihr Opfer am besten zerrissen. Blutrünstig erscholl ihr gemeinsamer Schrei.

Bernsteins Atem ging keuchend. Ihre Augen blitzten drohend, ihr stolzer Kopf war kampfbereit zurückgeworfen.

Als die beiden Wölfe sich zum Sprung duckten, kam ein Stein ins Rollen. Hart schlug er neben Bernsteins Kopf auf. Mit lautem Wiehern bäumte sie sich auf. Ihre Vorderbeine arbeiteten wie Dreschflegel. Dann sprangen die Wölfe sie von oben an. Ein furchtbarer Lärm brach in der Schlucht los.

Hufe trampelten, trafen etwas Weiches. Zwei fauchende Pelzknäuel schnappten mit messerscharfen Zähnen nach den Sehnen der schlanken Pferdebeine.

Bernstein kämpfte mit verbissener Wut. Es ging um Leben und Tod.

Unterdessen rannten Schneewolkes schnelle Hufe einen schmalen Pfad hinab. Das Bild seiner Freundin, die hilflos in einer Falle steckte, jagte ihn weiter. Er wußte, daß sie sterben mußte, wenn niemand ihr da heraushalf. Sie war ohne Wasser und Futter.

Schneewolke hörte den Ruf der Wölfe. Er ahnte nicht, daß ihr Heulen der hilflosen Bernstein galt. Er sorgte sich nur um das Futter. Als der Hunger des letzten Winters die Herde ins Tal getrieben hatte, war die Angst vor dem Brandgeruch des weißen Mannes zurückgedrängt worden. Schneewolke blieb stehen. Nun mußte das Feld mit den Garben kommen.

Es war längst dunkel geworden. Schneewolke lief den Zaun entlang. Er kam bis zur Scheune. Dort blieb er kerzengerade stehen. Er warf den Kopf zurück und wieherte. Es war ein durchdringender Hilfeschrei.

Eine Tür öffnete sich, und ein Mann kam heraus. Er trug eine schwankende Laterne bei sich und ging direkt auf Schneewolke zu.

Das Pferd stampfte heftig auf. Dann lief es ein paar Schritte zurück. Plötzlich drehte es sich um und stieß warme, schmeichelnde Töne aus.

Der Mann mit der Laterne blieb stehen. Schneewolke lief ein kurzes Stück zurück, dann blieb er stehen und wartete geduldig.

Mißmutig ging der Mann ins Haus zurück.

Früh am nächsten Morgen stand Schneewolke noch immer in der Nähe des Bauernhauses. Seine Nüstern zogen den Rauch ein, der durch den Kamin aufstieg. Schneewolke hob seinen Kopf, als der Mann herauskam und mit leichten Schritten zur Scheune lief.

Als der Mann das Pferd erblickte, stieß er einen bewundernden Pfiff aus. Schneewolke wieherte lang.

Der Mann grinste. Vorsichtig kam er näher und betrachtete Schneewolke.

„Ah, du bist ein wildes Pferd!" sagte er freundlich. „Ich weiß zwar nicht, was du willst, aber du gefällst mir."

Schneewolke spitzte höflich die Ohren, obwohl er keine Ahnung hatte, was der weiße Mann sagte. Er spürte nur, daß er nicht wie ein Feind sprach. Er war nun froh, daß er die ganze Nacht auf ihn gewartet hatte. Ruhig blieb er stehen und beugte den Hals.

Der Mann kam näher. Schneewolke ging einige Schritte weiter, wartete, blickte zurück. Tom Hawkins, so hieß der Mann, seufzte. „Na schön, wenn du willst, daß ich mit dir komme, will ich es tun. Geh nur voraus!“

Es war ein langer Weg bis zur Schlucht. Dort angelangt, schaute Schneewolke voll ängstlicher Erwartung hinunter. Ein unangenehmer Gestank streifte seine Nüstern, und er schnaubte erregt.

Bernsteins Kopf drehte sich rasch, als sie Schneewolke hörte. Hinter ihr lag ein grauer Wolf mit eingeschlagenem Schädel. Ein zweiter lag zertrampelt in einer Blutlache nahe der Felswand. Aber auch Bernsteins Beine waren verwundet. Sie stampfte ungeduldig. Das Blut hatte einen Schwarm von Fliegen angezogen.

Als Tom Hawkins Bernsteins Wunden sah, gab er den Gedanken auf, Schneewolke einzufangen. Schnell ritt er davon, um Hilfe zu holen. Schneewolke blieb so nahe wie möglich bei Bernstein.

Als er die Männer herannahen sah, zog er sich zurück und beobachtete aus sicherer Entfernung, wie sie mit Pickel und Schaufel die Felsbrocken wegräumten. Als das Loch groß genug war, banden die Männer ein dickes Seil um Bernsteins Hals und führten sie weg.

Schneewolke wußte, daß er sie nun verloren hatte. Traurig schüttelte er seine lange Mähne.

Aber er dachte auch an die beiden Wölfe, die tot dort lagen. In der nächsten Nacht wären bestimmt neue Feinde erschienen. Bernstein hätte sich nicht gegen ein ganzes Rudel zur Wehr setzen können.

Nitas Tagtraum

„Ach was, du bist ein Mädchen!“ meinte der zwölfjährige Pietro wichtig. „Das weiße Pferd sollte mir gehören, wirklich. Ich kann reiten und du nicht.“

Tony, der Vater, lächelte. „Nita hat es zuerst gesehen, Pietro. Sie hat ihm die gelben Rüben hingelegt, und es fraß sie jedesmal auf. Wenn es eines Tages ganz bei uns bleibt, wird es Nita gehören.“

„Dieses wilde Pferd bleibt sowieso nicht in unserer Gegend“, trumpfte Pietro auf. „Da kannst du ihm so viele Rüben hinlegen, wie du willst!“

Nita antwortete ihrem Bruder nicht. Wütend warf sie ihre Zöpfe über die Schultern und rannte davon.

Pietro schleuderte die Schaufel verächtlich von sich. „Eines Tages werde ich den Schimmel reiten – auf einem silberbeschlagenen Sattel!“

„Aber nicht, wenn du nicht weiter gräbst“, bemerkte Tony trocken.

Pietro betrachtete die Blasen auf seinen Handflächen. Er glaubte nicht mehr daran, daß sie jemals Gold finden würden.

Als Nita in die kleine Küche trat, erschrak sie. Die kochenden Bohnen waren fast schon angebrannt. Schnell goß sie frisches Wasser zu.

„Ach, wenn Mutter doch noch lebte!“ sagte sie leise vor sich hin. Vor etwa zwei Jahren war Mama an dem schrecklichen Scharlachfieber gestorben. Bis dahin wohnten sie in Bigelo. Dort arbeitete Tony als Küfer. Damals hatten sie immer genug zu essen. Sie, der kleine Pietro und Mutter trugen sonntags, wenn sie zur Kirche gingen, schöne Kleider. Vater war aber noch nie mit ihnen zur Kirche gegangen. Er sagte, für so etwas habe er keine Zeit. Nita hatte sich davon nicht beeinflussen lassen.

Sie las nun in Mutters alter Bibel. Nita liebte besonders die Geschichten, die berichteten, wie Jesus den Menschen geholfen hatte. An eine Geschichte konnte sie sich noch ganz lebhaft erinnern.

Vor ungefähr acht Jahren hatte Mutter sie ihr zum ersten Mal vorgelesen. Sie handelte von einem Mann, der Nikodemus hieß. Spät nachts noch kam er zu Jesus, um mehr von Gott und seinem Reich zu lernen.

Eine Stelle aus der Bibel konnte Nita nicht vergessen: „Gott liebte die Menschen so sehr, daß er seinen einzigen Sohn hergab. Nun wird jeder, der sich auf Gottes Sohn verläßt, nicht zugrunde gehen, sondern ewig leben."

Mutter hatte ihr den Sinn damals sorgfältig erklärt. Sie hatte Nita erzählt, auf welch furchtbare Weise Jesus am Kreuz gestorben war. „Er ist von Gott, seinem Vater, geschickt worden, um die Strafe für unsere Sünden auf sich zu nehmen. Doch nach drei Tagen ist er aus dem Grab auferstanden. Und nun bereitet er im Himmel wunderbare Wohnungen vor für alle, die an ihn glauben."

Nita hatte das sehr gefallen. Ja, sie wollte an Jesus glauben. Sie wollte ein Kind Gottes werden und eines Tages in den Himmel kommen. Seitdem sie ihr Leben dem Herrn Jesus übergeben hatte, besaß sie eine Fröhlichkeit, die sogar da war, wenn sie trauerte.

Später, als Mama Scharlach bekam, bat sie Nita, aus der Bibel vorzulesen.

Nita schlug den Teil auf, der Offenbarung heißt. An einer Stelle beschreibt der Apostel Johannes das himmlische Jerusalem. Mama war glücklich, als sie von den Perlentoren und goldenen Gassen hörte.

Gold! Für viele Leute bedeutete Gold Reichtum, große Häuser und Unmengen von Geld, mit dem man sich alles kaufen konnte.

Auch Tony träumte vom Gold. Seit fast zwei Jahren grub er danach und hatte nichts gefunden. Doch wie alle Goldgräber gab er nicht auf.

Nita betrachtete nachdenklich ihre schiefgetretenen Schuhe. Jeden Tag wurden die Löcher größer.

Nach einer Weile fiel ihr wieder das weiße Pferd ein. „Wenn es mich lieb hätte und mich ohne Sattel reiten ließe", flüsterte sie fast unhörbar, „könnte ich damit nach Bigolo reiten und die

Schule besuchen. Alle Mitschüler würden mich bewundern und sich um mich drängen. ‚Wo hast du es gekauft?' würden sie fragen und so tun, als wären sie kein bißchen neidisch. ‚Ich habe es nicht gekauft', würde ich sagen, ‚es ist ein Wildpferd. Aber ich habe es mit gelben Rüben gefüttert.' Das Pferd hat mich gern", hauchte sie. „Es sieht mich immer so freundlich an. Und wie schön es ist! Wie eine Schneewolke, die von der Sonne angestrahlt wird – Schneewolke!"

Rinnender Sand verliebt sich

Etwa zwanzig Meilen südlich von Tonys Schürfstelle riefen ein junger Mann und etliche Knaben fröhlich durcheinander, als einer der jüngeren versuchte, ein Kalb anzubinden.

„Aha, so sollen die Indianer also etwas Vernünftiges lernen!“ spottete eine unbekannte Stimme. Zwei Cowboys brachten ihre Pferde vor den Jungen zum Stehen.

Der junge Lehrer blickte die Reiter prüfend an. „Was kann ich für euch tun?“

„Mein Name ist Hi Waters“, sagte der Mann mit den langen Beinen. „Und dies ist mein Freund Jed Blackwell. Wir reiten eine Herde ein auf der Doppel-T-Farm."

„Freut mich, euch kennenzulernen." Der Lehrer schüttelte ihnen die Hand. „Ich bin selbst ein alter Cowboy. Mein Name ist Riley Sage. Ich unterrichte die Indianerjungen."

Hi Waters nickte. „Schön, aber wie man uns sagte, kennt Ihr Euch auch mit dem Lasso aus. Könnt Ihr uns helfen, einige wilde Pferde einzufangen?"

Riley schüttelte energisch den Kopf. „Ich fürchte, da seid ihr an die falsche Adresse geraten. Ich jage keine Pferde."

Jed Blackwell betrachtete ihn eindringlich mit seinen blauen Augen. „Wir wissen aber, daß Ihr die Pferde zähmt."

Riley deutete auf die Pferde, die in der Nähe des Hauses weideten. „Viele der Jungen, die hier zur Schule gehen, müssen einen weiten Weg zurücklegen. Diese Pferde hier sind zahm. Die wilden", er machte eine Handbewegung, „die gehören dem Wind. Sie haben ein Recht auf ihre Freiheit."

„Ihr seid eben ein Pfarrerssohn. Prediger Cowboy!" Jeds Mund verzog sich spöttisch.

„Man verdient eine schöne Stange Geld, wenn man Wildpferde einfängt", bemerkte Hi und wurde lebhaft. „Unser Boß auf der Doppel-T-Farm ist für einige Wochen weg. Da können wir mit wilden Pferden zusätzlich Geld verdienen. Wir haben ein Abkommen mit dem Ladenbesitzer in ‚Drei Pfade' getroffen."

„Carl Smarr?" fragte Riley. „Der war doch früher ein bekannter Reiter bei einer Wildwestschau."

„Genau der. Nun gibt es da einen Schimmel, einen wilden Hengst. Der ist ein Prachtkerl. Den möchte Carl unbedingt haben."

Riley schüttelte den Kopf. „Ich kann euch nicht helfen. Es ist jetzt sowieso Zeit für den Unterricht." Er drehte sich um und wollte sich den rothäutigen Jungen zuwenden.

„Einen Moment noch", sagte Hi hastig. „Hundert Dollar will Carl dem zahlen, der ihm das Pferd bringt."

„Tut mir leid, nichts zu machen!" Riley blickte die Männer freundlich an. „Aber wenn ihr mal zu unseren Gottesdiensten kommen wollt, seid ihr immer willkommen."

Jed Blackwell stieß sein Pferd ungeduldig in die Flanken. „Komm jetzt, Hi, wir vertrödeln hier unsere Zeit."

Ohne einen Blick zurückzuwerfen, ritten sie davon.

Ein Indianerjunge hatte dem Gespräch interessiert zugehört. „He", überlegte Rinnender Sand laut, „in dieser Gegend kann man bestimmt eine Menge weißer Pferde jagen."

Am nächsten Morgen erschien er eine halbe Stunde vor dem Unterricht in der Schule.

„Du kommst früh heute, Rinnender Sand", begrüßte Riley den jungen Burschen.

„Ich habe es gesehen!" rief Rinnender Sand, und seine Augen glänzten.

„Was hast du gesehen?"

„Das weiße Pferd, von dem der Mann gestern erzählte."

„Und jetzt möchtest du frei haben, um es einzufangen und die hundert Dollar zu kassieren", sagte Riley traurig. „Wo hast du es denn gesehen?"

„Dort drüben beim zweiten Hügel, gerade als ich aus dem Wald kam."

„Hat das weiße Pferd dich bemerkt?"

„Ja, es hat mich gesehen, und es lief schnell davon. Aber ich werde es finden!“

Rinnender Sand drehte sich um, doch Riley faßte ihn bei der Schulter. „Wie willst du es ohne Lasso fangen?“

Rinnender Sand deutete auf einen Busch. „Ich habe letzte Nacht ein Seil aus Haaren geflochten. Dort drüben hängt es.“

„Wahrscheinlich wird es früher oder später sowieso jemand einfangen“, brummte Riley. Insgeheim aber hoffte er, daß es noch lange die Freiheit seiner Ahnen genießen würde. „Was willst du denn mit dem ganzen Geld machen?“

Rinnender Sand machte eine ungeduldige Handbewegung. „Ich will das Geld nicht. Ich will das weiße Pferd. Ich will darauf reiten. Es ist mein Pferd, auch wenn es das noch nicht weiß. Es ist so schön!“ Er breitete die

Arme aus, als wolle er die ganze Welt umarmen.

Riley ließ seine Schulter los, und Rinnender Sand rannte davon.

„Ich komme später wieder – mit dem weißen Pferd!“ rief er über die Schulter zurück. „Ich werde es Euch zeigen!“

Riley schüttelte lachend den Kopf. Er mochte diesen Jungen. Rinnender Sand war einer seiner besten Schüler und mit seinen siebzehn Jahren der älteste. Er war beinahe ein Mann und sehnte sich danach, seine Kraft zu beweisen.

„Ob er in das Pferd verliebt ist?“ dachte Riley.

Lassos und rollende Steine

Schneewolke fand täglich geputzte Rüben auf seinem Weg vor. Das war herrlich. Doch er beobachtete dabei Dinge, die ihn vorsichtig werden ließen. Hinter langen Zäunen aus Stacheldraht graste eine große Viehherde. Manchmal kamen Männer mit Schlapphüten, mischten sich unter das Vieh und warfen Seile durch die Luft. Seile, die sich bewegen, sind aber Feinde. Der Instinkt sagte Schneewolke, daß er zwischen sich und den Männern genügend Abstand lassen mußte.

Als Schneewolke an diesem Tag auf dem sonnigen Feld stand, betrachtete er mit heißem Verlangen den saftigen Klee, der etwas weiter unten wuchs.

Ein paar Zweige knackten, und Schneewolke fuhr herum. Plötzlich sah er sie. Zwei Männer ritten hinter einem Busch hervor. Schneewolke wieherte kurz auf und rannte den kurzen Pfad entlang, der um den Berg führte. Doch er kam nicht weit. Ein Mann auf einer schwarzen Stute schnitt ihm den Weg ab.

Der Fels fiel auf der rechten Seite steil ab. Schneewolke wußte, daß ihm nur ein Weg blieb. Er mußte über den Hügel zur linken Seite. Der bestand aus losen Granitblöcken und scharfen Steinen, die wie Messer schneiden konnten, wenn man den Halt verlor. Mit einem Aufwiehern rannte er über den Bergrücken und dann hinunter in eine tiefe, weite Schlucht. Von weitem sah er Tony und Pietro, die wie immer mit Pickel und Schaufel hantierten. Vor ihnen hatte er keine Angst. Wenn er nur schon den Wald auf der anderen Seite der Schlucht erreicht hätte!

Plötzlich wieherte er entsetzt auf. Der Weg war von verdorrtem Gebüsch und Steinen versperrt. Ringsum ragten hohe Wände von losem Schiefer und weicher Erde auf. Ängstlich suchte Schneewolke einen Ausweg. Und dann sah er es. Ein enges, schwarzes Loch war dort in der Wand. Die Schlucht hatte einen alten Schacht durchschnitten. Schneewolke schreckte vor dem feuchten, stinkenden Loch zurück.

Schon kamen die drei Männer. Ihre schwingenden Seile versetzten ihn in allergrößte Panik. Verwegen und tollkühn vor Angst zwängte er sich durch die enge Öffnung. Sein zitternder Körper rieb sich an den nassen Wänden. Nur langsam gewöhnten sich seine Augen an die Dunkelheit. Am Boden des Schachtes erblickte er ein großes Loch.

Ihm grauste. Das Loch gähnte ihn an wie ein riesiges, gefährliches Raubtier, das ihn jeden Moment verschlingen wollte.

Schon wieder witterte er den Geruch der Männer. Ihre aufgeregten Stimmen drangen an sein Ohr. Nun konnte er nicht mehr umkehren. Schneewolke schlug zu. Seine Hufe wirbelten wie Schlaghämmer durch die Luft. Der ganze Berg schien in Bewegung geraten zu sein. Ein fürchterliches Krachen und Tosen erfüllte das Tal.

Endlich waren die letzten Steine gefallen. Einen Moment lang war alles totenstill.

Schneewolke lag ruhig da. Das Schicksal der Feinde schien besiegelt, doch auch er hatte die Freiheit verloren. Kopf und Hals hingen in das feuchte Loch hinunter. Die Hinterbeine waren zwischen Felsbrocken und feuchte

Erde eingeklemmt. Sein rechtes Vorderbein blutete. Er konnte sich kaum bewegen. Scharf und kurz ging sein Atem. Fauler Geruch drang an seine Nüstern. Die Kante des Schachtes war scharf und drückte schmerzhaft gegen seinen Körper. Schneewolke war lebendig begraben.

Nita war in Gedanken versunken, als sie plötzlich den scharfen Ton hörte. Es klang, als ob Stahl auf Stein gestoßen würde. Sie schaute auf und sah drei Cowboys, die auf den Hügelkamm zu ritten. Auf einmal stockte ihr der Atem. Dort rannte Schneewolke geradewegs auf die tiefe Schlucht zu. Die drei Männer verfolgten ihn. Sie schrieen und schwangen ihre Lassos. Nita stöhnte laut, als Schneewolke in die Schlucht sprang.

„Papa, Pietro, kommt schnell!“ schrie sie und rannte, so schnell sie konnte, zur Schlucht. „Nein, nein!“ Sie sah, wie die drei Cowboys am Ende der Schlucht in einen Schacht starrten. „Laßt Schneewolke in Ruhe!“

Plötzlich ertönte ein furchtbares Krachen. Der Boden unter ihren Füßen bebte. „Papa!“ schrie Nita. „Die Höhle ist eingestürzt!“

Kurz darauf sahen sie drei verschreckte Männer davonreiten.

Pietro lief zum Schacht und beugte sich hinunter. Seine dunklen Augen wurden groß. „Papa, vielleicht können wir ihn ausgraben!“

Tony schüttelte seinen Krauskopf. Der Schweiß lief ihm über die Wangen. „Zu spät, mein Sohn. Dort unten kann er nicht atmen. Die Felsen haben ihn erdrückt.

Nita biß sich auf die Lippen, um nicht laut zu heulen. Sie würde Schneewolke nie vergessen.

Wunden müssen heilen

Nita trauerte um den Verlust Schneewolkes. Auch Pietro konnte das Pferd nicht vergessen. „Ich war einmal in diesem Schacht, Vater. Er führt nur wenig in den Berg hinein. Nachher fällt er allmählich ab. Wenn das weiße Pferd dort hinuntergefallen ist, könnte es über dem Felsen hängengeblieben sein. Dann hätte es genug Luft zum Atmen. Laß mich hinein, ich will sehen, ob etwas zu machen ist."

Schließlich konnte Pietro seinen Vater überreden. „Denk ja nicht, daß ich dich allein dort runter lasse!" grinste Tony. „Ich kenne den Schacht besser als du. Immerhin gehörte er schon meinem Großvater." Tonys Augen wurden glänzend. „Hier gab es mal Gold." Er zuckte die Schultern. „Das ist leider vorbei."

Der Eingang war zum Glück kaum beschädigt. Kräftige Balken stützten ihn. Langsam gingen sie vorwärts. Mit jedem Schritt wurde es dunkler. Dann lag der Schacht vor ihnen. Wie tief mochte das Pferd wohl gefallen sein?

„Die Erde ist locker und weich", meinte Pietro. „Es wäre nicht schwierig zu ..."

„Halt, Pietro!" Tony hob warnend die Hand.

Einen Moment lang glaubten sie, ein Geräusch zu hören. Schweigend standen sie da und lauschten voller Spannung. Hatten sie sich das nur eingebildet? Da. Da war es wieder. Ein eigenartiger Ton, ein trockener, gedämpfter Laut aus weiter Ferne.

„Es klingt wie Husten“, sagte Pietro. Seine dunklen Augen weiteten sich.

„Pssst!“ Tony legte seinen Finger auf den Mund.

Dann wieder dieser seltsame Ton.

„Er lebt!“ Pietro rannte auf die Öffnung des Schachtes zu. Hastig kletterte er über die kleinen Hügel von Erde und Steinen.

Tony kam hinterher.

„Wenn nicht noch mehr einstürzt, holen wir ihn hier heraus“, meinte er.

„Ich bin gleich zurück, Papa. Ich muß es Nita erzählen!“ Pietro stürzte davon.

Nita konnte die Neuigkeit kaum fassen. Während sie hinter Pietro her rannte, betete sie: „Lieber Vater, mach bitte, daß er noch lebt, daß er nicht jetzt noch stirbt, bitte!“

Tony, Nita und Pietro gruben wie wild. Die große Hoffnung gab ihnen ungeahnte Kraft. Ihre Gesichter waren wie versteinert, die Körper in großer Anspannung.

Plötzlich sah Nita durch eine Lücke etwas Weißes schimmern. „Papa, Pietro, kommt mal her!“ rief sie atemlos.

Wahrhaftig, der weiße Fleck gehörte zu Schneewolke. Es war eine seiner Flanken. Sie hob und senkte sich mit jedem Atemzug.

Nitas Herz flackerte. „O Gott, ich danke dir!“ hauchte sie immer wieder vor sich hin.

Tony arbeitete vorsichtig mit einer Hebestange. Felsen und Schiefer rollten herab. Pietro packte zu wie ein Mann. Nita merkte nicht, daß ihre Fingerspitzen wund und blutig waren. Ungeduldig hob sie die widerspenstigen Steine hoch, einen nach dem anderen.

Schneewolke lag mit ausgedörrter Kehle da. Kopf und Hals waren mit

Schmutz bedeckt. Mit jedem Spatenstich kam mehr Luft in sein Gefängnis. Wunderbare, frische Luft! Er schloß die Augen und seufzte zitternd. Tief atmete er ein.

Endlich sprach eine freundliche Stimme liebe Worte, und eine sanfte braune Hand streichelte ihn zärtlich. Es war Nita, die ihm die Lehmklumpen mit einem Rockzipfel abwischte.

„So, nun kannst du besser atmen", flüsterte sie leise. „Pietro, bitte hole etwas Wasser, er ist fast verdurstet." Sanfte Hände wuschen die staubigen Nüstern und hielten dem Pferd einen vollen Wassereimer hin.

Schneewolke trank gierig. Das Wasser lief an seinem schmutzigen Hals hinunter. Das war herrlich!

Aber nun spürte er auch die Schmerzen. Willig ließ er sich von seinen neuen Freunden untersuchen.

Mit Ausnahme einiger langer Schrammen am Hals und einem Schnitt an der Hüfte hatte Schneewolke sein Abenteuer überraschend gut überstanden. Nur die Verletzung am Vorderhuf machte ihn zum Gefangenen.

Er schonte das verletzte Glied, indem er auf drei Beinen stand und das vierte leicht in die Höhe hielt.

Nahe beim Felsen konnte er ungestört stehen, und während der Mittagshitze spendete ihm der große Stein den begehrten Schatten. Die Quelle lag etwas weiter unten. Schneewolke konnte noch nicht gut laufen, und so brachten Nita und Pietro ihm abwechselnd jeden Tag frisches, wohlschmeckendes Wasser.

Die Kinder liebten ihn, und manchmal stritten sie sich seinetwegen.

Nach ein paar Tagen humpelte Schneewolke das erste Mal selbst zum

Wasser. Es klappte schon ganz ordentlich. Nun besserte sich sein Fuß von Tag zu Tag, und er wagte sich immer weiter weg. Der wilde Wind der Freiheit wehte verlockend um seine Nüstern. Sein Drang, über weite Ebenen und steile Schluchten zu jagen, wurde fast unwiderstehlich.

„Nita“, sagte Tony, als sie eines Tages beim Mittagessen beisammensaßen, „Schneewolkes Fuß ist bestimmt bald ganz in Ordnung. Wenn du ihn reiten willst, mußt du es jetzt tun. Bald wird er weiterziehen.“

„Es ist nicht fair, seine Schwäche auszunutzen“, antwortete Nita. Irgendwie hatte sie auch Angst, ein Wildpferd zu reiten, doch Vater und Pietro sollten das um keinen Preis merken. „Er bleibt auch so bei uns“, fügte sie leise hinzu. „Er ist doch nicht mehr wild. Er liebt uns alle.“

„Aber Nita!“ Tony schüttelte seinen Krauskopf. „Er ist noch nicht zahm geworden. Schneewolke ist immer noch ein wildes Pferd. Bald wird er uns verlassen, glaube mir!“

„Nita ist ein Angsthase“, sagte Pietro und traf damit den Nagel auf den Kopf. „Laß mich reiten, Vater. Ich habe keine Angst. In der Indianerschule bin ich auch schon auf ein paar Pferden geritten, und keins hat mich abgeworfen.“

Nita war aufgesprungen. Leicht vornübergebeugt, die Hände auf die Tischkante gestützt, starrte sie Pietro aus flammenden Augen an.

„Wenn du das tust, Pietro“, fauchte sie drohend, „dann ...“. Sie stockte, weil ihr nichts einfiel, mit was sie Pietro hätte einschüchtern können.

Tränen liefen ihr über die Wangen, als sie sich wieder auf ihren Stuhl gleiten ließ.

„Pietro darf ihn nicht reiten“, schluchzte sie, „nicht bevor der Huf wieder vollständig in Ordnung ist. Schneewolke darf keine Angst bekommen. Vielleicht verletzt er sich dann wieder. Das würde ich dir nie verzeihen.“ Sie wandte sich an Tony. „Papa, verbiete es ihm!“

Pietro hob beide Arme hoch. „O weh, Nita, was soll denn dieses Theater? Du bist ja eifersüchtig!“

„Das bin ich nicht, Pietro. Aber du hast kein Herz. Wir müssen sein Vertrauen langsam gewinnen. Wenn er sich vor uns fürchtet, wird uns das nie gelingen. Wir müssen wirklich warten, bis er völlig gesund ist. Wenn er dann zahm ist, reiten wir ihn abwechselnd.“ Sie wollte sich großzügig zeigen, obwohl es ihr sehr schwer fiel.

„Das sind doch alles noch ungelegte Eier!“ lachte Tony und legte seinen

Löffel hin. „Außerdem besitzen wir nicht einmal einen Sattel."

„Pietro und ich müssen eben ohne Sattel reiten", entgegnete Nita. „Was die Indianer können, das können wir schon lange."

„Abwarten", brummte Tony und stand auf. „Abwarten."

Nita macht eine Entdeckung

An dem Tag, als Schneewolke ausgegraben wurde, hatte Nita den Absatz ihres Schuhs verloren. Die flachen durchlöcherten Schuhe waren zwar nicht viel wert, aber sie besaß keine anderen.

„Ich komme mir ziemlich blöd vor, wenn ich den ganzen Tag hinken muß", beklagte sie sich, nachdem sie die ganze Gegend nach ihrem Absatz abgesucht hatte.

Als sie wieder einmal zu dem Schacht kam, schien die Sonne in eine dunkle Ecke. Da lag doch etwas. Nita rieb sich die Augen und blickte noch einmal hin. Tatsächlich, da lag ihr Absatz! Sie freute sich, als hätte sie einen kostbaren Diamanten gefunden.

„Da bist du ja, du dummes Ding!" flüsterte sie, während sie ihn sorgfältig abrieb.

Dann ließ sie plötzlich den Absatz sinken. Irgend etwas blendete sie. Nita blinzelte. Dann sah sie es. In der Ecke des Schachtes leuchtete ein Metallstück auf. „Gold!" durchfuhr es sie. Es schimmerte und glänzte, es konnte nur Gold sein. Ihr Herz begann zu beben. Tony hatte schon oft davon gesprochen, aber sie hatte noch nie welches gesehen.

„Lieber Gott, laß es Gold sein!" hauchte sie. Sie bückte sich, um genauer hinzusehen. Da – noch ein Stück, ein wunderschönes Stück, heller, glänzender Schiefer. Mit zitternden Händen versuchte sie, es loszukratzen. Es saß fest. Das kleine Metallstück, ja, das ging. „Vater“, murmelte sie vor sich hin. „Was wird Vater sagen?“

Aufgeregt sprang sie auf und rannte, nein, sie flog nach Hause.

Tony lächelte zärtlich, als er sie heransausen sah. Seine weißen Zähne blitzten und ließen das braune Gesicht noch dunkler erscheinen.

„Sieh mal, was ich gefunden habe!“ Atemlos hielt Nita den schmutzigen Absatz hoch.

Tonys Augen leuchteten wie der blaue Himmel. „Ah, da haben wir aber Glück gehabt! Heute abend werde ich ihn für dich aufnageln. Nun brauchst du wenigstens nicht mehr zu hinken.“ Tony trank aus dem Zinnkrug, den Pietro ihm gebracht hatte.

Geduldig wartete Nita, bis er seinen Durst gelöscht hatte. Dann ließ sie das Metallstück in seine ausgestreckte Hand fallen.

„Sieh mal, ich glaube, das ist Gold."

„Ja, mhm, hübsch." Tony sagte das so beiläufig, daß Nita sehr enttäuscht war.

Ein paarmal rollte Tony das kleine glänzende Metallstück zwischen Daumen und Zeigefinger hin und her. Dabei wurden seine Augen immer größer. Er wagte nicht zu glauben, daß sich nun sein größter Traum erfüllt hatte. Vielleicht hatte Nita sich geirrt. Doch – dieses Metallstück, das war Gold, ohne Zweifel. Er steckte das glänzende Korn sorgfältig in seinen Wildlederbeutel.

„Wo hast du das gefunden, Nita?" fragte Tony. Es fiel ihm nicht leicht, ruhig zu bleiben. Die Spannung, die in seinen Worten lag, ließ Nitas Herz höher schlagen.

„Nita, zeige mir bitte die Stelle!" sagte er mit bebender Stimme. Er hob seinen Pickel auf und schwang ihn über die Schulter.

Als sie beim Schacht ankamen, nahm Nita ihn bei der Hand. „Hier ist es!“ flüsterte sie und führte ihn zu der Stelle, an der sie ihren Absatz gefunden hatte. Sie sah, wie sich die Augen des Vaters weiteten.

Er kniete nieder und kratzte mit den Fingern auf dem Boden. Nita stand nur daneben und sah ihm zu. Ihr Herz war voller Hoffnung, und doch hatte sie Angst vor einer Enttäuschung.

Tony griff nach dem Pickel und hob ihn langsam hoch. Wie gebannt starrte er auf den hellen, glänzenden Streifen. Der Pickel fiel mit großer Wucht. Schiefer zerfiel krachend in kleine Stücke. Der Streifen wurde heller und breiter. Tonys Atem ging schnell und keuchend.

Dreimal hob und senkte sich der Pickel. Der glänzende Streifen verzweigte sich wie die Wurzeln einer Pflanze.

Plötzlich glänzte eine große Scheibe auf.

Tony berührte sie mit dem Finger. Die trockene Erde fiel ab.

„Nita!“ flüsterte er wie vor einem Wunder. In seinen Augen lag ein fassungsloses Staunen. „Das ist ein richtiger Goldklumpen!“ Helle Freude stand nun in seinem Gesicht. Er fühlte sich so reich wie König Salomo.

„Vater!“ hauchte Nita, und sie merkte nicht, wie ihr die Tränen über die Wangen liefen. „So lange hast du gesucht, und nun …“

„Sag Pietro, daß ich seine Hilfe brauche!“ Tonys Stimme überschlug sich beinahe. „Jetzt bekommst du auch dein Pferd, Nita – vielleicht sogar noch zwei Ponys!“

Sie nickte.

Immer noch hielt sie den kostbaren Absatz in der Hand.

„Neue Schuhe bekommst du natürlich auch."

Nun wußte Nita, daß es Wirklichkeit war. Von jetzt an waren sie reich!

„O Papa, wenn es bei uns wieder Zucker gibt, werde ich dir jeden Tag einen Kuchen backen!"

Tony lachte aus tiefstem Herzen. „Das Versprechen gilt!"

In diesem Moment fiel Nita ein, daß Pietro noch nichts von ihrem Glück wußte. Sie rannte davon.

„Pietro", sagte sie ganz ruhig, „Pietro, wir sind reich!"

„Ja", entgegnete er und wischte sich den Schweiß von der Stirn. „Willst du sonst noch was? Du siehst doch, ich habe zu arbeiten."

„Pietro, Vater möchte, daß du ihm hilfst, den großen Goldklumpen auszugraben."

Als Pietro aufsah, fielen ihm die kleinen Flammen in Nitas Augen auf. Ihr Gesicht glänzte vor Freude.

„Wo?“ schrie er. „Wo ist es?“

„Komm!“ Nita ergriff seine Hand. „Vergiß deine Schaufel nicht!“

Als die beiden Kinder bei ihm ankamen, hackte Tony, daß Erde und Kies nur so hochspritzten.

„Vater, Pietro wollte es nicht glauben!“

„Keine Zeit!“ entgegnete Tony hastig. Flüchtig sah er Pietro an. Mit schnellem Ruck zog er den Wildlederbeutel aus der Tasche und warf ihn vor Nitas Füße. „Zeig ihm, was drin ist!“

Die Münzen klingelten, als Nita den Beutel öffnete.

„Nicht möglich!“ rief Pietro, noch immer ungläubig, als das glänzende Goldstück über seine Hand rollte.

„Wir sind reich, wir sind reich!“ schrie er dann aus vollem Halse.

In diesem Moment hörten sie das Krachen des Felsens. Die Kinder blickten auf und sahen, wie der Riß über Tonys Kopf immer weiter auseinanderklaffte. Schiefer bröckelte ab.

Tony sah sich um. Es war zu spät, um davonzurennen. Entsetzt sah er den Berg auf sich zukommen.

Nita hörte sein Stöhnen, als er vornüber fiel. Hilflos sah sie zu, wie die Steine über ihn rollten und an der anderen Seite der Schieferwand aufprallten. Seine braunen Hände ließen den Pickel fallen und blieben merkwürdig ruhig.

Dann herrschte Totenstille. Pietro war wie gelähmt. Schluchzend rannte Nita zu ihrem Vater. „Papa!“ schrie sie verzweifelt. „Papa!“

Sie wußte, er konnte sie nicht hören. Tony lag still da, mit dem Gesicht nach unten. Ein scharfer Felsbrocken, dicker als Nitas Bein, lag auf seinem Rücken.

Der Kopf war verletzt und blutete.

Nun kam Leben in Pietro. Blitzschnell kletterte er hinter Nita her. Sein Atem ging stoßweise. Seine Augen waren dunkel vor Angst.

„Alles wegen dieser blöden Goldstükke“, weinte Nita. Sie war verzweifelt.

Mit zitternden Händen hoben sie die schwere Schieferplatte zur Seite.

„Papa, kannst du mich hören?“ fragte Nita mit bebender Stimme.

Tonys Augen blieben geschlossen. Er gab keine Antwort. Nur ein leiser Seufzer drang über seine Lippen.

„Er atmet noch!“ flüsterte Pietro leise und dankbar.

„Wir müssen ihn ausgraben“, sagte Nita. „Wenn Gott will, dann bleibt er am Leben. Wir dürfen nicht aufhören zu beten.“

Pietro nickte. Er wußte, daß er von heute an erwachsen war.

Der beste Arzt

Wie die Indianer stellten Nita und Pietro eine Bahre aus Weidenstangen und einem Leintuch her. Es dauerte lange, bis sie im Lager ankamen. Tony war noch immer bewußtlos.

Die Kinder nahmen Tonys Matratze vom Bett und legten sie auf den Boden. Dann zogen sie die Bahre samt Tony auf dieses Notbett.

„Du mußt zum Arzt reiten, Pietro!“ sagte Nita. „Er muß schnell zu uns kommen.“

Pietro nickte. „Hoffentlich passiert nichts, bis wir wieder zurück sind.“

Nita schob ihn ungeduldig zur Tür. „Beeil dich, Pietro, es ist allerhöchste Zeit. Ich werde bei Papa wachen.“

„Gott sei mit euch, Nita!“ flüsterte Pietro mit erstickter Stimme. Dann rannte er durch die Tür.

„Ja“, rief Nita hinter ihm her. „Und Gott sei mit dir, Pietro!“ Mit klopfendem Herzen schaute sie ihm nach.

Pietro gab seinem Pony die Sporen. Die Angst trieb ihn zu höchster Eile. Er war kaum eine Meile von daheim weg, als ihm ein Mann entgegenritt. Pietro hielt inne. „Lieber Gott“, flehte er, „bitte laß das jemanden sein, der meinem Vater helfen kann!“

Erleichtert sah Pietro, daß der Fremde ihm freundlich zuwinkte. Er war groß und schlank und hatte klare blaue Augen.

„Hallo!“ rief der Mann und schob seinen breitkrempigen Filzhut zurück. „Was treibt dich in diese Gegend?“

„Mein Vater!“ stieß Pietro aufgeregt hervor. „Er hat gegraben. Dann kam ein Erdrutsch. Wir haben ihn nach Hause getragen. Vielleicht –“ Pietro stockte. Seine Lippen zitterten, und in seinen schwarzen Augen standen Tränen.

Aus den Zügen des Mannes sprach tiefes Mitleid.

„Meine Schwester ist bei ihm“, fuhr Pietro fort. „Die Blutung will nicht aufhören.“

„Wo ist euer Haus?“

„Dort unten. Ungefähr eine Meile von hier.“ Pietro deutete hinter sich. „Zuerst kommt man zu den Weiden. Dann muß man dem Wasserlauf folgen. Der Bach fließt an unserem Haus vorbei.“ Pietro machte eine kleine Pause. „Ich reite nach ‚Drei Pfade‘, um den Arzt zu holen.“

„Übrigens, meine Name ist Riley Sage“, stellte sich der Mann vor. „Man nennt mich auch Prediger Cowboy. Ich bin Lehrer an der Indianerschule ‚Drei Pfade'."

„Ich danke Ihnen sehr. Gott hat Sie mir geschickt."

Als Pietro sich noch einmal umdrehte, war der Mann bereits seinen Blikken entschwunden.

Unterdessen saß Nita traurig neben dem Notbett ihres Vaters. Hin und wieder legte sie ein frisches Tuch auf seinen Kopf. Es schien ihr, als hätte die Blutung ein wenig nachgelassen.

Als sie ein Geräusch an der Tür hörte, schaute sie überrascht auf. So früh konnte Pietro unmöglich zurück sein. Ihr Herz begann ängstlich zu klopfen.

„Ich bin Riley Sage", sagte ein Fremder und lächelte ihr freundlich zu. „Ich traf deinen Bruder und bin gekommen, um deinem Vater zu helfen."

„Ja", stammelte Nita, „ja, ja." Tränen stürzten aus ihren Augen, während ihr Herz voller Hoffnung war. „Ich muß frisches Wasser holen“, sagte sie leise. „Sehen Sie, der scharfe Schiefer hat tiefe Wunden in die Haut geschnitten.“ Sie schob das blutbefleckte Handtuch zur Seite.

In diesem Moment öffnete Tony die Augen.

„Er kommt zu sich!“ jubelte Nita. „Vater, lieber Vater!“ Sie beugte sich über das bleiche Gesicht und legte die Hand auf seine Wange.

Tonys Mund verzog sich zu einem schwachen Lächeln. Sein fragender Blick glitt zu dem Fremden und dann wieder zu Nita.

„Mein Name ist Riley Sage. Ich möchte Ihnen helfen“, erklärte Riley. „Ich hoffe, Sie vertrauen mir.“

Während Riley den verletzten Tony untersuchte, erzählte er von sich und seiner Arbeit. Es schien, als wollte er

Tony damit von seinen Schmerzen ablenken.

Tony blickte ihn dankbar an.

Riley wandte sich an Nita. „Es sieht nicht so aus, als hätte er etwas gebrochen. Der Arzt muß ihn aber noch genau untersuchen. Habt ihr Alkohol im Haus?“

Riley schaute auf Tony hinunter. „Das brennt zwar, aber es wird das Blut stillen. Ich denke, Sie können es vertragen?“

Tony runzelte die Augenbrauen.

Bald roch der ganze Raum nach Alkohol. Tonys Lippen waren fest zusammengepreßt. Er lag ganz ruhig da.

„Nun blutet es nicht mehr“, sagte Riley zu Nita. „Gib mir bitte ein Glas Wasser. Das wird deinem Vater gut tun.“

Er ging zum Bett, schob seinen Arm unter Tonys Kissen und hob so den Kopf vorsichtig hoch. „Trinken Sie!“

Mit langsamen Schlucken ließ Tony das kühle Naß seine Kehle hinabrinnen. Bald danach wurde sein Atem regelmäßiger und ruhiger.

Nita blickte den Fremden mit großen Augen an. „Danke für alles, was Sie für uns getan haben!“ sagte sie leise. „Ich mache Ihnen jetzt eine Hühnerbrühe.“

Schnell eilte sie in die Küche. Es war herrlich, daß jemand hier war, der ihren Vater pflegte und dem sie vertrauen konnte. Einen Augenblick lang blieb sie bewegungslos stehen. Sie wußte nun, daß Gott den Fremden geschickt hatte. Er hatte ihr Gebet erhört. Von nebenan hörte sie Rileys Stimme, die klar und kräftig aus der Bibel vorlas.

„Mein Gott wird euch alles geben, was ihr braucht. Durch Jesus Christus beschenkt er uns aus seinem unerschöpflichen Reichtum.“ Dann fügte er ruhig hinzu: „Das steht in Philipper 4, Vers 19. Ist es nicht eine wunderbare Verheißung, mein Freund?“

„Oh, wenn Papa doch nur daran glauben würde!“ Nita faltete ihre Hände. Sie beugte den Kopf und sagte laut: „Lieber Gott, öffne seine Augen und sein Herz! Herr Jesus, zeige ihm, daß du hier bist, daß du lebst und daß du auch ihn lieb hast.“

Tony lag fast teilnahmslos in seinem Bett. Nur seine Finger bewegten sich unter der Decke. Er versuchte, etwas zu sagen, aber seine Worte waren so leise, daß man ihn nicht verstehen konnte. Riley Sage beugte sich zu ihm hinab.

„Es tut weh. Für eine Weile war es besser. Jetzt ist der Schmerz wieder da, furchtbar.“

Tonys Augen begannen zu flackern. „Beten Sie für mich!“ hauchte er fast tonlos.

Riley kniete sich nieder. Er griff nach Tonys Hand. „Lieber Vater, hab Erbarmen mit diesem Mann. Nimm ihm die Schmerzen weg. Heile du ihn und schenke ihm neue Kraft. In Jesu Namen!“

Tony sah zu ihm hin, sein Blick war fragend.

„Sind Sie Christ?“ fragte Riley nach einer Weile.

Tony schüttelte fast unmerklich den Kopf. „Ich weiß nicht, wie man das macht“, hauchte er.

„Glauben Sie, daß Jesus Christus der Sohn Gottes ist?“

Tony nickte.

„Glauben Sie, daß Jesus gekreuzigt wurde, um für Ihre Sünden zu bezahlen?“

„Ja!“ flüsterte Tony. „Jetzt glaube ich es.“

„Und glauben Sie, daß dieser Jesus

von den Toten auferstanden ist und lebt?“

„Ja.“ Tonys Stimme klang schon etwas kräftiger. „Meine Frau hat mir oft davon erzählt. Für sie war es sehr wichtig. Nun will ich es auch glauben.“ Er schwieg eine Weile. „Wenn Jesus mir das Leben schenkt“, keuchte er, „will ich in Zukunft anders leben. Ich will ihm folgen.“

Riley beugte den Kopf. „Du hast es gehört, Herr Jesus. Dein Wille geschehe!“

Als Nita wieder ins Zimmer trat, schlief ihr Vater. Sein Gesicht hatte einen entspannten Ausdruck, und seine Brust hob und senkte sich in regelmäßigen Atemzügen.

Nita blieb überrascht stehen. „Es geht ihm besser, nicht wahr?“

„Ja“, Riley lächelte, „er ist gerettet.“ Er deutete auf seine Bibel.

Nita verstand. Ein großes Glücksgefühl durchströmte sie. „Wird er auch wieder gesund?“ fragte sie.

In diesem Moment schlug Tony die Augen auf und schnupperte den Duft der Hühnerbrühe.

„Darf ich auch etwas davon haben?“ fragte er, und seine Stimme klang fast normal.

„Natürlich, Vater!“ jauchzte Nita. Ihr Herz war voller Dankbarkeit.

Niemand dachte im Moment an das Gold. Wie tragisch wäre beinahe die Suche danach ausgegangen. Der Frieden in ihren Herzen war mehr wert als alles Gold der Welt.

Das Haarseil

Während Tonys Krankheit hatte Nita kaum Zeit für Schneewolke.

Als die Rüben ausblieben, zog er weiter. Er fand eine fette Weide und machte sich genüßlich über das saftige Gras her.

Kein Windhauch verriet ihm das Nahen einer Gefahr. Plötzlich spürte er, wie sich etwas um seinen Hals zusammenzog. Er wieherte laut auf und schlug in wilder Panik um sich. Doch das glatte Ding zerrte an ihm und brachte ihn beinahe aus dem Gleichgewicht.

Nach einem zweiten vergeblichen Sprung blieb Schneewolke zitternd stehen. Sein Instinkt sagte ihm, daß er das verhaßte Ding nicht mehr loswürde. Fest war das Seil um seinen Hals geschlungen. Das andere Ende war um einen jungen, kräftigen Baum geknotet.

In der Nähe des Baumes stand ein junger Indianer. Sein Atem ging kurz und hastig. Voller Bewunderung blickte er auf das prächtige, temperamentvolle Geschöpf. Lange hatte Rinnender Sand auf diesen Augenblick gewartet.

„Wir werden uns schon kennenlernen, mein Freund. Mein Name ist Rinnender Sand." Er sprach so leise, als wollte er sich bei einem vornehmen Mann vorstellen.

Schneewolke schnaubte wütend. Er war mit seiner Situation überhaupt nicht einverstanden.

Rinnender Sand war klug genug, die Bekanntschaft des weißen Hengstes nicht im Eiltempo zu erzwingen. Er ging weg und ließ Schneewolke angebunden stehen.

Nach einer Weile kam er zurück, sprach freundlich mit dem Pferd und ging wieder davon. Er versuchte nicht, Schneewolke zu berühren, aber er ging jedesmal näher zu ihm hin.

Einmal löste Rinnender Sand das Seil vom Baum und beobachtete die Reaktion des Pferdes. Schneewolke versuchte weder zu fliehen noch seinen Gegner zu zertrampeln. Er wollte nur genügend Abstand zwischen sich und dem Indianer haben. Als Rinnender Sand am Seil zog, zerrte Schneewolke wie wild am anderen Ende.

„Gib es auf“, rief der Indianerjunge, „sonst erstickst du noch!“

Nach einer Weile merkte Schneewolke, daß das Seil weniger brannte, wenn er auf den Jungen zuging. So lernte er aus Furcht vor dem Feind an seinem Hals, einige Schritte am Seil zu gehen.

Die Stimme von Rinnender Sand blieb leise und freundlich. Nun gehörte Schneewolke ihm. Ein wildes Glücksgefühl durchströmte ihn.

„Du bist das schönste Pferd der ganzen Welt", flüsterte er. „Wenn mein Vater dich sieht ..." Rinnender Sand runzelte nachdenklich die Stirn.

„Als Häuptling steht ihm das Beste zu", sagte er leise vor sich hin. „Adlerflügel möchte dieses schöne Pferd sicher besitzen."

Obwohl Rinnender Sand fast ein Mann war, widersprach er dem Vater niemals. Ein Indianerjunge tat so etwas nicht.

Rinnender Sand überlegte. Die Sonne ging schon unter, als er Carl Smarr erblickte, den Besitzer des Ladens in ‚Drei Pfade'. Smarr ritt ihm entgegen.

Schneewolke blähte die Nüstern. Der Geruch des Mannes rief böse Erinnerungen in ihm wach. Laut wiehernd warf er den Kopf hoch und versuchte auszubrechen.

„Sie erschrecken das Pferd", rief Rinnender Sand zornig. „Sehen Sie nicht, daß es ein Wildpferd ist?"

„So, so, nun hast du es also gefunden", sagte Carl Smarr zufrieden. „Weißt du eigentlich, daß ich für dieses Pferd hundert Dollar zahle?"

Rinnender Sand nickte.

„Wenn du es in meinen Pferch gebracht hast, bekommst du die hundert Dollar."

Rinnender Sand schüttelte heftig den Kopf. „Ich will Ihre hundert Dollar nicht. Es ist mein Pferd, und ich werde es behalten."

„Wenn du das Pferd nach Hause bringst", ein listiger Blick machte Carls gelbe Äuglein ganz klein, „dann wird dein Vater Adlerflügel das Pferd für sich nehmen. Hast du daran gedacht?"

Rinnender Sand blieb einen Augenblick still. Mutlos ließ er die Schultern hängen.

„Wieviel willst du für das Pferd?" Carl zog den Geldbeutel aus der Tasche. Die Münzen klimperten. „Hundertfünfzig! Das ist mehr, als der Gaul wert ist. Aber ich brauche ihn dringend."

Rinnender Sand zog die Augenbrauen hoch. „Ich sagte doch schon, ich will das Pferd nicht verkaufen. Es ist ein königliches Pferd, und ich will es behalten."

Carl öffnete den Geldbeutel und hielt ein paar Scheine empor. „Zweihundert!"

„Nein." Rinnender Sand drehte sich um und ging davon. Schneewolke folgte ihm.

Carl Smarr gab noch nicht auf. Langsam ritt er hinter ihnen her.

„Hast du dir auch überlegt, wohin du ihn bringen willst?“ Carls Ton wurde plötzlich liebenswürdig. „Wenn du dein Pferd in meinen Pferch bringst, werde ich ihm Heu und Hafer geben. Da kann er auch nicht ausbrechen. Mein Pferch hat eine solide Wand, drei Meter hoch. Du kannst es gerne jeden Tag besuchen.“

Rinnender Sand war überrascht, daß der Mann plötzlich so viel Verständnis zeigte. „Der weiße Mann ist schwer zu verstehen“, murmelte er.

„Was muß ich denn für die Versorgung bezahlen?“ fragte er vorsichtig.

„Bezahlen?“ Carl Smarr tat höchst verwundert. „Ich möchte dir doch helfen. Wenn du das Pferd nach Hause bringst, wirst du es an Häuptling Adlerflügel verlieren, nicht wahr?“

Rinnender Sand seufzte.

„Siehst du!“ Für Carl war die Sache bereits abgemacht. „In dem Pferch kannst du den Hengst besser kennenlernen, und später kannst du ihn reiten. Es wird schon einige Tage dauern, bis er dir vertraut. – Und ich kann mir das schönste Pferd der Welt einige Tage ansehen“, fügte Carl grinsend hinzu.

Rinnender Sand stand eine Weile ganz still. Das Haarseil hielt er fest umklammert. Er war überrascht, wie schnell der Schimmel gelernt hatte, ihm zu folgen. Es war ein außergewöhnlich kluges Pferd.

Er blickte Carl prüfend an. Gedanken jagten durch seinen Kopf. Ein Mann, der Pferde liebt, kann doch nicht schlecht sein. „Gut, ich nehme Ihr Angebot an. Und ich helfe Ihnen natürlich nach der Schule im Laden oder füttere Ihnen die Pferde.“

Triumphierend lächelte Carl. „Na, also. Du weißt, daß Fat Deer, mein Indianer, ein schwieriger Geselle ist. Darum will ich vorausreiten und den Pferch offenhalten. Dann kannst du deinen Hengst sofort hineinstellen."

Als Carl sein Pferd wendete, sah Rinnender Sand die schrecklichen Sporen an Carls Fuß. Kürzlich hatte eins seiner Pferde nach ihm geschlagen. Ein unangenehmes Gefühl stieg in dem Indianerjungen hoch.

Nachdenklich schaute er dem Mann nach. „Schade, daß Riley Sage nicht in der Schule ist", flüsterte er vor sich hin. „Er sagt, ich könne dem weißen Mann trauen. Leider sind diese Menschen so verschieden."

Rinnender Sand seufzte. In seinem Herzen blieb ein Gefühl der Unruhe zurück.

Der stolze Mann begeht eine Torheit

In der Mitte des hohen Pferchs stand ein dicker Pfosten. Widerwillig blickte Schneewolke sich in seinem Gefängnis um. Wenn er den Wassertrog erreichen wollte, mußte er an dem Pfosten vorbeigehen. Schneewolke schnaubte dieses fremde Ding verächtlich an. Bald wußte er, wozu der Eisenring da war.

Die beiden Cowboys, Jed Blackwell und Hi Waters, legten ein Seil um seinen Hals und banden ihn an diesem Ring fest.

Schneewolke merkte schnell, daß der Pfosten zu seinem Feind wurde, wenn er nicht still stehenblieb.

Carl Smarr stand in sicherer Entfernung und beobachtete das weiße Pferd.

Schwer stützte er sich auf seinen Stock.

„Schlagt ihn, wenn es nötig ist!“ sagte er lächelnd zu den beiden Männern. „Aber bitte so, daß man keine Striemen sieht. Ich will ihn in der Wildwestschau in Las Vegas reiten. Er soll besser aussehen als alle anderen Pferde.“

Hi und Jed tauschten erstaunte Blikke. „Ich dachte, die Zeit des Schaureitens sei für dich vorbei, Carl“, bemerkte Jed leichthin. „Jim Bledso sagte es, als dein Fuchs dich kürzlich an dem Zaunpfahl abwarf, du weißt ja.“

Hi, der schweigend danebenstand, verzog spöttisch die Lippen.

Carls bleiches Gesicht überzog sich mit dunklem Rot. Es kostete ihn große Anstrengung, ruhig zu bleiben. „Den Stock brauche ich nur noch wegen einer kleinen Bänderzerrung“, stieß er wütend hervor. „Mein Rücken ist geheilt. Dem Bledso werde ich es zeigen. Dem werden seine Frechheiten noch vergehen!“ Er ließ seine Peitsche durch die Luft sausen. „Dieser Mistkerl war immer schon neidisch auf meine Erfolge.“

Carl schlug sich mit der Peitsche auf die hohen Stiefel. „Wenn ihr den Schimmel für den Sattel abgerichtet habt, will ich ihn prüfen. Übrigens, fast hätte ich es vergessen. Dieser Indianerjunge Rinnender Sand glaubt, der Schimmel gehöre ihm. Wenn er vorbeikommt, um ihn anzusehen, laßt ihn einfach gewähren, verstanden?“

„Warum?“ His blaue Augen richteten sich forschend auf Carl, der sich sofort abwendete.

„Der Junge hat das Pferd gefangen. Er wollte nicht verkaufen, verzichtete großmütig auf die hundert Dollar.“ Carl kicherte. „Der Kerl ist zu jung für ein solches Pferd. Ich werde das Geschäft mit seinem Vater machen.“

Jed schüttelte den Kopf. „Du bist verrückt. Was du alles anstellst, nur um an diesen Gaul zu kommen! Hundert Dollar – viel zuviel Geld für ein Pferd!“

„Wenn der Schimmel bei der Schau in Las Vegas Sieger wird, geht der Preis in Ordnung“, brummte Carl. „Im übrigen bezahle ich euch nicht fürs Schwätzen. Gewöhnt ihn an den Sattel!“ Er humpelte mißmutig davon.

„Also, ich fresse einen Besen, wenn dieses Pferd sich von ihm reiten läßt“, sagte Hi, als Carl außer Hörweite war.

„Wenn du mich fragst“, sagte Jed, „Carl mutet sich zuviel zu für sein Alter.“ Er zog die Augenbrauen hoch. „Er will immer noch der Beste sein. Sein Ruhm ist ihm schlecht bekommen. Er kann es nicht mehr lassen.“

Hi zuckte die Schultern. Er nahm ein Satteltuch und legte es über Schneewolkes Rücken. Schneewolke fing an zu schnauben und stampfte heftig auf.

„Das, mein schöner Wildfang“, lächelte Hi, „wirst du später noch besser kennenlernen.“ Er ließ die Decke wieder zu Boden gleiten.

„Nicht zuviel auf einmal!“ murmelte Jed. „Er muß sich erst an uns gewöhnen.“

Schneewolke warf schnaubend seinen Kopf zurück. Er verstand zwar nicht, was die Männer sagten, aber er spürte, daß es um ihn ging. Was immer man mit ihm anstellen würde, er würde um seine Freiheit kämpfen.

Während der nächsten zwei Wochen lernte Schneewolke die beiden Männer noch besser kennen. Sie waren geduldig und freundlich, aber streng. Sie lehrten ihn, die Angst vor Satteldecke, Sattel und dem verhaßten Zaumzeug zu verlieren. Nach und nach empfand er sogar ihren Geruch als angenehm. Nur wenn er den hinkenden Carl mit seiner Peitsche wahrnahm, schnaubte er widerwillig. Der Geruch dieses Mannes bedeutete höchste Gefahr. Er hatte Schneewolke in die Schlucht getrieben. Schneewolke beobachtete jede seiner Bewegungen mit Mißtrauen.

Eines Tages erschien Carl ohne Stock. „So", sagte er entschieden, „bis heute habt ihr beide ihn geritten. Nun ist die Reihe an mir."

„Die ersten Male hat er uns auch abgeworfen", entgegnete Jed. „Ich glaube, es ist besser, wenn sich das Pferd erst noch an dich gewöhnt."

„Was soll denn das schon wieder? Schließlich hat es mich jeden Tag gesehen. Das ist doch wohl Gewöhnung genug. Sattelt den Gaul, ich hole ihn mir dann!"

Hi versuchte es noch einmal. „Carl,

laß es dir gesagt sein, es ist gefährlich! Warte noch!“

Carls dünne Lippen verzogen sich zu einer Grimasse. „Ich habe dich nicht um deinen Rat gebeten!“

Als Schneewolke von Hi gesattelt wurde, ahnte er noch nichts Böses. Es gefiel ihm zwar überhaupt nicht, daß Carl in der Nähe war, doch die freundlichen Stimmen von Hi und Jed beruhigten ihn wieder. So beobachtete er nur mißtrauisch, was der verhaßte Mann tat.

Plötzlich wieherte er laut auf. Der Mann mit dem Geruch von Gefahr und Tod griff nach dem Zügel. Schnell und gekonnt stieg Carl auf.

Blitzschnell drehte Schneewolke sich um und preschte in Panik durch das offene Tor. Er schnaubte und machte wilde Sprünge.

Hi und Jed schauten gespannt zu.

Nun erkannte Carl, daß er einen Fehler gemacht hatte. Krampfhaft umfaßte er den Sattelknauf, während Schneewolke wie wild darum kämpfte, den Schrecken auf seinem Rücken loszuwerden. Kraftvoll bäumte das Pferd sich auf, und Carl flog in hohem Bogen gegen den Stacheldraht. Hart schlug sein Körper auf. Der Mann stöhnte. Schneewolke drehte sich um, schnaubte zornig und schritt davon.

Auf einer Pferdedecke trugen Hi und Jed den Verletzten zu seinem Haus. Carl stöhnte laut, als sie ihn aufs Bett legten. „Mein Rücken!"

Bedauernd schüttelte Hi den Kopf. „Sag nicht, wir hätten dich nicht gewarnt!"

Carl drehte seinen Kopf zur Wand. Wenn das weiße Pferd ihn kaputtgemacht haben sollte, würde es dafür büßen. Erbittert sann er auf Rache.

Die Peitsche

Seit Schneewolke im Pferch war, kam Rinnender Sand jeden Tag vorbei. Für ihn war es immer noch ein Wunder, daß das prächtige Tier nun ihm allein gehörte.

Hi und Jed wußten, daß die Wahrheit an den Tag kommen würde, vielleicht schon bald.

„Carl macht einen Fehler“, sagte Hi eines Tages, als Rinnender Sand gegangen war. „Er denkt, alle Indianer wären so wie Fat Deer. Er wird sich wundern, wenn Adlerflügel ihm im Nacken sitzt.“

Carl hatte den alten Indianer Fat Deer zum Füttern und Tränken seiner

Tiere und zum Melken der beiden Kühe eingestellt. Fat Deer war bereit, für einen Viertelliter Whisky jede Schandtat zu begehen. Carl, der Whisky in seinem Laden verkaufte, schloß deshalb die Flaschen weg. Den Schlüssel trug er an einer Halskette.

Als Carl nach langem Überlegen wußte, wie er Schneewolke bestrafen konnte, rief er Fat Deer zu sich.

Nach einer Weile stand er in der Tür. Durch seine krummen Beine schien die Nachmittagssonne. Der breite Gürtel glänzte vor Dreck.

„Ist Rinnender Sand gekommen, um nach dem Pferd zu sehen?“ fragte Carl.

Fat Deer schüttelte die schwarzen Haare, die wie Fäden herabhingen. Sie waren schwer von Bärenfett und schimmerten grünlich.

„Kann sein, daß er heute gar nicht kommt“, nuschelte der Indianer. „Andere Tage kommt er, wenn Sonne drei oder vier Stunden hoch steht.“ Er schnaufte und kratzte sich am Kopf. „Für heute ist wohl zu spät.“

Carls Augen blinzelten hinterlistig. Ein böses Lächeln lag auf seinen Lippen. „Willst du dir eine Extraflasche Whisky verdienen?“

Fat Deers runzliges, ledernes Gesicht wurde mit einem Schlag lebendig. Er leckte die dicken Lippen und begann zu schielen.

„Was soll ich tun?“

„Bring mir die Peitsche von der Wand!“

Fat Deer gehorchte.

Liebevoll strichen Carls Finger über den schwarzen geflochtenen Riemen. „Daß du mir ja nicht seine Haut aufreißt!“ sagte er, und seine Stimme hatte einen eigentümlich weichen Klang bekommen.

Fat Deer nickte zustimmend. „Das weiße Pferd, nicht wahr?“

Carl sog die Luft scharf ein. „Ja“, stieß er hervor.

Fat Deer runzelte die Stirn. Ängstlich starrte er Carl an. „Weißes Pferd haßt mich. Es läßt mich nicht in seine Nähe.“

„Heute nacht wird es sich nicht zur Wehr setzen. Ich habe Hi und Jed gesagt, daß sie es angebunden im Pferch lassen sollen. Vierzig Hiebe gibst du ihm, verstanden?“ Carl wirbelte die Peitsche durch die Luft und zuckte vor Schmerz zusammen.

Fat Deer begann zu stottern. „Alles, was ich kann zählen, ist eins, zwei, drei, vier – Sie mir geben eine oder zwei Flaschen Whisky?“

„Dummkopf. Typisch Indianer!“ Carl warf ihm die Peitsche zu, und Fat Deer fing sie mit seiner breiten schwieligen Hand auf.

„Los, schieb mein Bett zum Fenster!“ knurrte Carl. „Ich werde zählen, wenn du das weiße Pferd schlägst. Wenn du lange genug geschlagen hast, hebe ich den Schlüssel hoch. Schau öfter mal zu meinem Fenster hin. Dann merkst du schon, wenn es reicht.“

Fat Deer nickte eifrig und verließ den Raum mit der schwarzen Peitsche.

Carl lag in seinem Bett am Fenster und wartete. Die untergehende Sonne tauchte alles in rotes Licht.

Endlich schlug der Indianer zu. Carl strich vorsichtig über seine Wunden und rückte den Verband zurecht. Eins, zwei, drei, vier. Der Mann mit den bösen gelben Augen zählte befriedigt.

Plötzlich war alles still. Warum schlug Fat Deer nicht weiter? Er dachte daran, daß der dumme Indianer nur bis vier zählen konnte. Obwohl Carl höllische Schmerzen hatte, drehte er sich dem Fenster zu. Angestrengt starrte er auf das Tor, durch das Fat Deer verschwunden war.

Dann vernahm er das unterdrückte Murmeln aufgebrachter Stimmen. Was war los? Er konnte nichts verstehen. Wer hatte es gewagt, seinen Racheplan zu durchkreuzen?

Wem gehört Schneewolke?

Heute war es spät geworden. Die Sonne ging schon unter, als Rinnender Sand eine Ladung Heu zum Tor des Pferch brachte. Schneewolke würde sich freuen.

Plötzlich hörte er den Schlag der Peitsche. Seine Augen weiteten sich vor Überraschung und Zorn. Mit schnellen Sätzen jagte er zum Tor.

Rinnender Sand stockte der Atem. Gerade holte Fat Deer, dieser Mistkerl, zum fünften Schlag aus.

Blitzschnell kletterte der Junge über das Tor und sprang wie eine Wildkatze auf Fat Deers Rücken. Der alte Indianer wankte und fiel gegen die Bretterwand. Ein Schuh flog in hohem Bogen über das Tor.

„Warum schlägst du das Pferd?" keuchte Rinnender Sand, während er ihn wie in einem Schraubstock festhielt.

Fat Deer blickte mit verschleierten Augen auf. „Der Mann im Laden hat mir Whisky versprochen", wimmerte er. „Laß mich los!"

„Hat er dir tatsächlich befohlen, das Pferd zu schlagen?" Rinnender Sand erhob sich und klopfte den Schmutz von seiner Kleidung.

„Ja, ja." Fat Deer nickte. „Wenn ich es doch sage. Zwei große Flaschen bekomme ich für vierzig Schläge."

„Vierzig Schläge?" wiederholte Rinnender Sand. Es sah aus, als wollte er sich erneut auf den Indianer stürzen. „Weshalb?"

„Fat Deer fragt nicht."

Ein wildes Stöhnen entrang sich den Lippen des Indianerjungen. Wütend entriß er Fat Deer die Peitsche und ließ ihr schreckliches Ende vor dessen Gesicht knallen.

„Raus!“ schrie er. Seine Stimme überschlug sich. „Los, raus!“

Fat Deer sprang auf und rannte davon. Der Junge war wirklich eine Wildkatze und wahrscheinlich zu allem fähig.

Rinnender Sand wandte sich zu Schneewolke. „Was für ein Narr war ich!“ flüsterte er leise und strich sanft über Schneewolkes weißen Hals. „So lange habe ich dich bei einem Verrückten gelassen.“ Er lehnte sein Gesicht gegen die weiche Nase des Pferdes. „Ich nehme dich jetzt mit. Keinen Tag länger bleibst du hier. Komm!“

„Das wirst du nicht tun!“ sagte plötzlich eine böse Stimme hinter ihm.

Rinnender Sand drehte sich um und starrte auf den Mann mit den Krücken. Die Lippen des Indianderjungen wurden hart und schmal. Er hatte Mühe, sich zu beherrschen. „Sie hindern mich nicht daran!"

Der Mann trat ihm in den Weg. „Dein Vater wird es nicht erlauben", sagte er.

Rinnender Sand stand unbeweglich, die Hand auf dem Hals des Pferdes. „Er weiß nicht, daß ich das Pferd gefangen habe."

Smarr lächelte boshaft. „Er weiß es", antwortete er leise.

Der Indianerjunge starrte ihn ungläubig an. Er durchschaute die Bosheit des weißen Mannes nicht und wußte nicht, daß dieser log.

„Ich ging zu ihm an dem Tag, als du mir das weiße Pferd gebracht hast." Carl schob sich an den Krücken vorwärts.

„Wenn du mit zum Laden kommst, zeige ich dir den Kaufvertrag."

Carl Smarr log das Blaue vom Himmel herab, und Rinnender Sand ging ihm auf den Leim. Hätte er auch nur geahnt, daß dieser Mann log, um Zeit zu gewinnen, er hätte sich auf Schneewolke gesetzt und wäre weit, weit weg geritten.

„Und nun verschwinde!" rief Carl Smarr gebieterisch.

„Nein!" Rinnender Sand deutete nach draußen. Seine dunklen Augen glühten. „Ich habe ihm Heu gebracht. Und ich komme wieder!" seine Stimme bebte vor Zorn. „Ich komme jeden Tag, um das weiße Pferd zu sehen. Wer immer dieses Pferd schlägt", er machte eine Pause, seine Augen blitzten wild, „den werde ich töten!"

Carl Smarr fuhr erschrocken zusammen. Diesem Indianer war alles zuzutrauen. Langsam wandte er sich auf seinen Krücken um und schlurfte zum Haus zurück.

Schneewolke schnaubte dankbar. Er kannte den Unterschied zwischen Freund und Feind. Hier war der Freund, der ihn im rechten Moment beschützt hatte.

Sein Rücken tat weh von Fat Deers Schlägen. Doch seine Nüstern erfreuten sich am Duft des Heus, der von draußen hereinzog. Ja, zu dem Indianerjungen hatte er Vertrauen.

Als er ging, nahm Rinnender Sand die schwarze Peitsche mit. Er hatte noch nie etwas gestohlen, aber er wollte die Männer nicht noch einmal in Versuchung führen. Sobald Schneewolke in Sicherheit wäre, würde er ihnen dieses grausame Ding zurückgeben.

Der Schlüssel

Als Rinnender Sand den Esel mit dem leeren Wagen wegführte, war es schon dunkel.

Carl lag auf dem Bett. Er hörte das Rumpeln der Räder. „Ist er gegangen?"

Fat Deer nickte. „Ich gehe meinen Schuh suchen."

Als Fat Deer wieder zurückkam, wirkte er verstört. „Ich nicht finden Peitsche, ich überall suchen."

Carl schüttelte den Kopf. „Unsinn, es ist ja viel zu dunkel. Wie willst du da die Peitsche finden!"

„Ich haben Streichhölzer angezündet."

Carl Smarr setzte sich ächzend auf.

„Du Idiot!“ stieß er hervor. „Weißt du nicht, wie gefährlich das ist? Hoffentlich hast du alle Funken gelöscht.“

Fat Deer zog seinen Kopf ein. „Ich sorgfältig. Vielleicht Rinnender Sand Peïtsche mitnehmen.“ Er räusperte sich. „Kann ich Whisky haben?“

„Erst wenn du das Pferd verprügelt hast.“

„Ich wollte es tun, war schon dabei. Nicht mein Fehler, wenn Junge mich aufhalten.“

„Du hättest ihn mit der Peitsche wegjagen sollen.“ Smarr ließ sich nicht erweichen. Er vertröstete Fat Deer auf den nächsten Tag.

Der Indianer starrte auf die verschlossene Ladentür. Dahinter war die hölzerne Kammer, in der der Schnaps lagerte. Begierig leckte er sich die dikken Lipppen. Seine Kehle war wie ausgetrocknet. Der weiße Mann war ein böser Mann. Er brach sein Versprechen. Fat Deer sann auf Rache.

Wenn Carl Smarr schlief ...!

Nachdem der alte Indianer seine Arbeit getan hatte, nahm er sein langes Messer zur Hand. Vorsichtig fuhr er mit dem Daumen über die Klinge. Um den Wildlederriemen durchzuschneiden, an dem der Schlüssel hing, brauchte er ein scharfes Messer. Alles müßte schnell und lautlos vor sich gehen, um den Mann nicht aufzuwecken.

Als der weiße Mann schlief, dachte Fat Deer daran, wie leicht es wäre, seine Kehle mit dem scharfen Messer durchzuschneiden.

Der Mond schien ins Zimmer.

„Heute nicht", murmelte Fat Deer und hob sachte den Wildlederriemen hoch. Dann hielt er den Atem an.

Der schlafende Mann bewegte sich unruhig, aber er erwachte nicht. Als

Fat Deer den glatten Schlüssel ertastet hatte, hielt er ihn zwischen zwei Fingern fest und ließ das Messer darunter gleiten.

Ratsch – das Wildleder zerfiel in zwei Teile. Carl Smarr hatte nichts gemerkt.

Fat Deer lachte triumphierend in sich hinein. Er hatte den Schlüssel, und seine Kehle war ausgedörrt. Lautlos wie ein Schatten schlich er zu der Kammer.

Die gleichmäßigen Atemzüge des Schlafenden erfüllten ihn mit tiefer Zufriedenheit. Als er die Tür öffnete, knarrte sie leise. Fat Deer hielt den Atem an, er wartete. Nichts regte sich.

Dann tastete er nach den Flaschen. Hier standen sie in Reih und Glied. Eins, zwei, drei, vier ..., weiter konnte er ohnehin nicht zählen. Fat Deers Augen leuchteten. Mit zitternden Händen nahm er zwei Flaschen und schloß die Tür wieder zu.

Unterdessen stampfte Schneewolke im Pferch umher. Eine feine Rauchwolke streifte seine Nase. Das Streichholz, das Fat Deer achtlos auf den Boden geworfen hatte, ließ einen kleinen roten Punkt zurück. Ein wenig Heu begann zu glimmen. Es sah aus, als würde es gleich wieder verlöschen. Doch plötzlich züngelte eine kleine Flamme weiter, zu einem größeren Büschel Heu und weiter zum großen trockenen Strohhaufen. Nun loderten die Flammen hell auf.

Schneewolke schnaubte ängstlich. Ganz fest preßte er sich an die Wand des Pferchs. Langsam kamen die Flammen näher. Schon züngelten sie an den Stangen des Pferchs empor. Krachend fiel das Tor um.

Schneewolke wieherte laut um Hilfe. Aber Carl Smarr schlief. Und mit Fat Deer war überhaupt nicht mehr zu rechnen. Er lag total betrunken vor dem Laden, die halbleeren Flaschen neben sich.

Schneewolkes Schicksal schien besiegelt.

Einige Stangen brannten lichterloh. Als das schwere Holz über das Tor fiel und brennend liegenblieb, spürte Schneewolke die Hitze auf seinem Rücken. Brennende Holzteile prasselten auf ihn herab.

Verzweifelt trat er gegen das Tor. Die Angst verlieh ihm ungeahnte Kräfte. Dann hatte er es geschafft! Laut wiehernd sprang Schneewolke über die brennenden Trümmer. Endlich war er frei. Er galoppierte wild davon. Aber er war eine lebende Fackel. Voller Angst warf er sich zu Boden und wälzte sich im trockenen Gras. Es half nichts. Er jagte weiter, wälzte sich wieder, diesmal auf einem frisch gepflügten

Acker. Der kühle, weiche Boden wirkte wie Talgpuder. Endlich war das Feuer ausgelöscht.

Schneewolke begann, vor seinen Schmerzen zu fliehen.

Am nächsten Morgen war er in einer unbekannten Gegend. Sein Instinkt warnte ihn vor den Bergen.

Zum ersten Mal in seinem Leben mußte er große Schmerzen ertragen. Er merkte, daß er ihnen nicht davonlaufen konnte. Nun fühlte er sich schwach und elend. Er hob seinen Kopf und blickte sich mit gequälten Augen um. Die Einsamkeit würde ihm Ruhe und Erholung schenken.

Freund oder Feind?

An diesem Abend bekam Riley noch spät Besuch.

„Was ist geschehen, Rinnender Sand?“

Der Indianerjunge blickte in das warme Licht. Er war gerannt. Sein Atem ging hastig, und seine Stimme zitterte. „Ich habe einen Fehler gemacht, und ich weiß nicht, was ich tun soll.“

„Kannst du es mir erzählen?“ Riley lächelte mitfühlend.

„Es ist meine Schuld“, seufzte Rinnender Sand und ließ sich auf die Holzbank fallen. „Ich habe meinen Vater betrogen!“

„Aha, dann geht es wohl um das weiße Pferd, das du gefangen hast!"

Rinnender Sand nickte. Sein langes dunkles Haar schimmerte. Niedergeschlagen runzelte er die Stirn.

„Wir haben einmal darüber gesprochen, weißt du noch? Ich hatte dir geraten, deinem Vater davon zu erzählen. Will Adlerflügel nicht, daß du das Pferd behältst?"

„Es ist viel schlimmer! Der Mann, der mir erlaubt hat, Schneewolke in seinen Pferch zu bringen –", der Junge stockte.

„Du meinst Carl Smarr?"

„Ja. Er hat mich angelogen. Er sagte, mein Vater habe ihm das Pferd verkauft. Ich mußte es deshalb in seinem Pferch stehen lassen."

„Wolltest du das nicht?"

Rinnender Sand sprang auf. „Er hat ihn geschlagen, mit einer Peitsche hat er ihn geschlagen!“ rief er mit zornig funkelnden Augen. Die geballten Fäuste preßte er an seine Brust.

„Bist du zu deinem Vater gegangen?“

„Ja.“ Und nun sprudelte es aus dem Jungen hervor: „Daher weiß ich ja, daß Carl Smarr gelogen hat. Vater wußte von nichts. Er sagte, ich müsse mein Pferd ohne seine Hilfe vom weißen Mann zurückholen. Aber er war sehr zornig über Carl Smarr. Noch nie hat jemand gewagt, Lügengeschichten über Adlerflügel zu erzählen. Ich glaube, er will den Mann töten!“

Riley sah seinen Schüler offen an. „Und du? Willst du, daß er Carl Smarr tötet?“

„Die Bibel sagt: ‚Du sollst nicht töten‘. Sie sagt aber auch“, fuhr Rinnender Sand fort, „daß man nicht lügen darf. Ich bin zu dir gekommen, weil ich nicht weiß, was ich tun soll.“

„Ich bin froh, daß du gekommen bist!“ Riley betrachtete seinen indianischen Freund nachdenklich. „Ich verstehe, daß dein Vater zornig ist. Smarr hat dich angelogen. Er wollte das Pferd für sich haben. Er hat sich zu deinem Feind gemacht. Die Bibel sagt uns aber auch, daß wir unsere Feinde lieben sollen. Unser Herz kann das nicht. Aber Jesus kann uns diese Liebe geben, wenn wir ihn darum bitten. Willst du dir diese Liebe schenken lassen?“

Verlegen fuhr Rinnender Sand mit der Hand durch sein dunkles Haar. „Ich glaube an den, von dem die Bibel erzählt“, seufzte er. „Ich weiß, daß er mir helfen will, das Richtige zu tun. Es war aber auch nicht richtig, daß Smarr das Pferd schlagen ließ. Ich sagte ihm, beim nächsten Mal würde ich ihn töten. Aber das meinte ich nicht so. Ich war wild vor Zorn und hatte nicht überlegt, was ich sagte. Ich will den weißen Mann warnen, bevor Vater kommt."

Er blickte Riley traurig an. „Wie soll ich es aber anstellen, daß ich mein Pferd wiederbekomme?"

Riley atmete tief ein. „Wenn wir in Schwierigkeiten sind, müssen wir im Glauben vorwärts gehen. Wir sollten Gott um seine Hilfe bitten. Willst du?"

Rinnender Sand nickte heftig.

Als sie sich wieder von den Knien erhoben, sagte Riley: „Ich komme mit dir, Rinnender Sand."

Der Indianerjunge lächelte froh.

Gemeinsam eilten sie in die dunkle Nacht hinaus.

Plötzlich blieb Rinnender Sand wie angenagelt stehen. In der Ferne erklang das schrille, ängstliche Wiehern eines Pferdes.

„Schneewolke", stammelte er. „So ruft nur Schneewolke."

Angestrengt starrte er ins Dunkel. Von weitem erklang das Geräusch galoppierender Pferdehufe.

Nun sahen sie es. Der Himmel färbte sich rot über Carl Smarrs Hof. Flammen stiegen vom Pferch auf, und alles war in rote Glut getaucht.

„Dort ist der Pferch von Schneewolke. Er muß ausgebrochen sein!" schrie Rinnender Sand voller Angst.

Schnell stiegen sie auf die Pferde. Von Schneewolke war keine Spur mehr zu sehen.

„Den holen wir nicht mehr ein", meinte Riley. „Bei Tag werden wir ihn sicher in den Bergen finden."

„Vielleicht ist er verletzt und braucht uns." Rinnender Sand blickte seinen Lehrer flehend an.

Riley schüttelte den Kopf. „Es hat keinen Zweck. Wir müssen bis morgen warten."

Rinnender Sand nickte traurig. Dann sah er nachdenklich zum brennenden Pferch hinüber. „Auch wenn in meinem Herzen noch keine so große Liebe zu ihm ist, möchte ich nicht, daß Smarr im Feuer umkommt", sagte er leise.

Riley lächelte. „Also liebst du deinen Feind. Ja, du hast recht, dem kranken Mann geht es sehr schlecht. Und auf Fat Deer ist kein Verlaß. Wir wollen ihm helfen."

Rinnender Sand antwortete nicht mehr. Schnell wendete er sein Pferd und ritt auf die Flammen zu.

Neue Freunde

Seitdem sie mit Maschinen ihren neu entdeckten Goldfund ausgruben, änderten sich die Verhältnisse bei Tony und seinen Kindern Nita und Pietro schlagartig. Nita bekam neue Schuhe, und ihre Vorratskammer wurde mit den besten Lebensmitteln aufgefüllt. Alles war im Überfluß vorhanden.

Eines Tages verließ das Mädchen mit einem großen Koffer ihr Heim. Endlich konnte sie die Schule in Las Vegas besuchen. Ein wenig traurig nahm sie Abschied von ihrem bisherigen freien Leben.

Pietro kaufte sich einen hübschen Apfelschimmel. Mit ihm ritt er jeden

Tag ins Gymnasium nach Bigolo.

Vom ersten Schultag an hatte Nita in Betsy Sparks, ihrer Klassenkameradin, eine Freundin gefunden. Nita bewunderte ihr schönes aschblondes Haar, das in der Sonne wie Gold glänzte. Betsy war genau wie Nita eine Pferdenärrin, und so wurden die beiden unzertrennlich. Wenn sie von ihren Pferden sprachen, funkelten Betsys heitere graue Augen wie kleine Lichter.

„Du mußt übers Wochenende mit mir nach Hause zur Farm kommen“, sagte Betsy eines Tages. „Du darfst meine neue Stute Bernstein reiten.“

Nitas dunkle Augen leuchteten. „Hat auf eurer Farm nicht Riley Sage als Cowboy gearbeitet?“

Betsy zog lächelnd ihre sommersprossige Nase kraus. „Mein Vater war ein guter Freund von Rileys Vater. Er war überall bekannt als reitender Prediger. Deshalb nannte sich Riley, als er die Arbeit seines Vaters übernahm, Prediger Cowboy."

Nun erzählte Nita ihrer Freundin, wie Riley ihnen geholfen hatte, als ihr Vater verletzt zu Hause lag.

Betsy hörte interessiert zu, und in ihren Augen standen wieder diese kleinen Lichter.

Als Nita von Schneewolke sprach, machte auch Betsy ein trauriges Gesicht.

„Es ist wirklich schade", klagte Nita. „Ich war so mit Vater beschäftigt, daß ich ganz vergaß, ihn zu füttern. Eines Tages kam er dann nicht mehr. Ein junger Indianer aus Rileys Schule hat ihn gefangen. Ich glaube, er heißt Rinnender Sand. Vater wollte ihm den Schimmel abkaufen, aber er gab ihn um keinen Preis her. Nun habe ich das Pferd meiner Träume verloren."

Die Mädchen waren wieder bei ihrem Lieblingsthema angelangt.

„Hat Rinnender Sand das Pferd zu Riley Sage gebracht?“ fragte Betsy voller Neugier.

„Nein“, seufzte Nita. „Schneewolke steht in einem Pferch, der dem Ladenbesitzer Carl Smarr gehört. Ausgerechnet bei dem! Der ist immer so gemein zu seinen Pferden.“

„Rinnender Sand wird schon aufpassen. Ein Indianer, der sein Pferd liebt, verteidigt es wie ein Löwe sein Junges“, tröstete Betsy. „Ich werde Vater bitten, daß er dir Bernstein verkauft. Sie ist wunderschön. Ihr Fell glänzt wie Seide.“

„Willst du sie denn nicht selbst behalten?“

„Ja, eigentlich schon. Ich würde sie auch niemandem geben – außer dir.“

„Aber du brauchst doch auch ein Pferd“, wunderte sich Nita.

„Ich habe noch eine andere Stute", lachte Betsy. „Sie heißt Lady Guinevre, ein schneeweißer Araber. Sie ist ein seltenes Pferd. Außerdem bin ich an sie gewöhnt. Du darfst sie auch einmal reiten."

Als Nita an diesem Wochenende mit ihrem Vater zur Farm von Betsys Eltern fuhr, sah sie Bernstein schon von weitem. Das gelbe Fell leuchtete in der Sonne.

„Halt mal, Papa!" rief Nita, und Tony brachte das Gefährt zum Stehen.

Mit strahlenden Augen kletterte Nita vom Wagen hinunter. Betsy hatte nicht übertrieben: Bernstein war wunderschön. Sie war eine Pferdeprinzessin! Mit klugen Augen blickte sie Nita freundlich an. Ob Betsys Vater dieses schöne Pferd verkaufen würde?

Als sie Betsy in der offenen Tür des Farmhauses stehen sah, rannte Nita mit ausgebreiteten Armen auf sie zu.

„Betsy, diese Bernstein – ich glaube, ich habe mich schon in sie verliebt."

„Willst du sie reiten?"

„O ja, wenn sie mich läßt!"

Betsy lächelte. „Sie ist ganz zahm. Komm!"

An diesem Nachmittag führten Tony und Jonathan Sparks ein höchst erfreuliches Gespräch.

„Wenn Sie Bernstein verkaufen, zahle ich jeden Preis", erklärte Tony. „Es soll ein Geburtstagsgeschenk für Nita sein. Sie hätte dann einen Ersatz für das weiße Pferd, das sie so sehr liebte."

„Wir machen einen Preis unter Brüdern", grinste Sparks. „Nita ist Betsys beste Freundin, da will ich nicht zuviel verlangen."

„Sie haben ein junges Mädchen sehr glücklich gemacht, Jonathan."

Die Suche beginnt

Schnell wie der Wind eilten Riley Sage und Rinnender Sand zu Carl Smarrs Laden.

Riley kletterte auf das Dach, während Rinnender Sand die vollen Wassereimer nachreichte. Es zischte und qualmte, als das Naß die Flammen zu ersticken begann. Endlich hatten sie das Feuer unter Kontrolle. Der Pferch und die Scheune waren allerdings nicht mehr zu retten. Nur ein paar glimmende Trümmer blieben zurück.

Carl Smarr war alles andere als dankbar. Mit hochrotem Kopf schimpfte er auf Fat Deer und das weiße Pferd. Schließlich kam Rinnender Sand an die Reihe.

„Und du, Indianer, bist auch kein Unschuldslamm. Hast wohl die Peitsche mitgehen lassen? Was meinst du wohl, warum das Feuer entstanden ist? Ich kann es dir sagen. Dieser Idiot von Indianer hat die Peitsche gesucht und dazu Streichhölzer angezündet. Du bist schuld, daß hier alles abgebrannt ist!"

Einen Moment verlor Rinnender Sand die Beherrschung. „Sie hatten kein Recht, mein Pferd zu schlagen!"

„Dein Pferd?" höhnte Smarr. „Das Pferd gehört mir!"

In Rileys Gesicht arbeitete es. Auch ihm fiel es schwer, den aufsteigenden Zorn zu unterdrücken. „Nun machen Sie aber mal einen Punkt, Smarr!" sagte er mit ruhiger Stimme. „Rinnender Sand weiß inzwischen, daß Sie ihn belogen haben. Auch Adlerflügel weiß davon. Er will Sie töten. Wir sind nur gekommen, um Sie zu warnen."

Carl Smarr fuhr zusammen.

„Ja“, bekräftigte Riley. „Verschließen Sie Ihre Tür gut heute nacht! Ich rate Ihnen, gleich morgen einen Boten zu Adlerflügel zu schicken, um mit ihm die Sache gütlich zu bereinigen.“

Als Riley und Rinnender Sand die Farm verließen, blieb ein verstörter Carl Smarr zurück. An Einschlafen war nicht mehr zu denken. Mühsam erhob er sich. Die Aufregung verlieh ihm neue Kräfte. Er mußte das weiße Pferd wieder einfangen! Mit ihm könnte er jedes Rodeo gewinnen.

Schnell humpelte er auf seinen Krükken zur Weide. Dort grasten die anderen Pferde. Sonst schliefen sie um diese Zeit, aber das Feuer hatte sie vollkommen verwirrt.

Carl Smarr nahm das ruhigste seiner Pferde und führte es zu dem Schuppen, der vom Feuer verschont geblieben war. Das Satteln verursachte neue, heftige Schmerzen. Einen Moment lehnte er sich mit zusammengebissenen Zähnen gegen das Pferd. Schweißtropfen rollten über sein unrasiertes Gesicht. Ob er jemals ohne fremde Hilfe aufsteigen könnte?

Vorsichtig führte er den Wallach zur Ladentür. Dort ging es besser. Jede Bewegung war für ihn eine schmerzhafte Anstrengung.

Endlich hatte er es geschafft. Erleichtert atmete er auf. Er begann zu überlegen. Wohin würde ein verletztes und verängstigtes Tier sich flüchten? Wahrscheinlich in einen Wald, in dem es sich verstecken konnte.

„Der Wald im Norden“, murmelte er vor sich hin. „Dort gibt es Berge und Felsen.“ Er ritt in diese Richtung. Glücklicherweise führte der Weg von Adlerflügels Dorf weg.

Die Gedanken in Carl Smarrs Kopf überstürzten sich. Wieviel Geld würde er geben müssen, damit ein Indianer zufriedengestellt wäre? Nur für den Fall, daß er das Pferd nicht fände. Dann müßte er umkehren und versuchen, sich mit Adlerflügel zu einigen. Er wußte, daß es schwer war, die Gunst eines Indianers zu kaufen, vor allem, wenn dieser ein stolzer Häuptling war. Smarr dachte an vergangene Zeiten. Die Angst seiner Väter saß ihm noch in den Knochen. Wütende Indianer, das waren Menschen, die Weiße skalpierten und an den Marterpfahl banden.

Er gab seinem Pferd die Sporen. In einer Stunde würde der Tag anbrechen.

Rosa Streifen zeigten sich am östlichen Horizont. Riley und Rinnender Sand ritten den Hufspuren nach. Man konnte erkennen, daß Schneewolke durch ein seichtes Bachbett geschritten war. Am anderen Ufer gab es keine Spuren.

„Wo suchen wir jetzt?“ fragte Rinnender Sand ratlos. „Das Wasser hat alle Spuren verwischt.“

Nachdenklich blickte Riley den Bachlauf hinauf und hinunter. „Wohin lief er, als du ihn eingefangen hattest?“

„Nach Osten“. Rinnender Sand zeigte auf ein Waldstück in der Ferne.

„Dann reiten wir dort hin.“

Es war ein herrlicher Morgen. In den Bäumen am Bachufer zwitscherten die Vögel, und der Himmel leuchtete in allen Farben.

Schweigend ritten sie den schmalen Pfad entlang. Bald verbreiterte sich der Weg und wurde zu einer richtigen Straße.

Als sie an die Abzweigung kamen, sahen sie zwei Mädchen. Sie ritten auf prächtigen Stuten.

Riley hielt sein Pferd an. „Nita! Betsy!“ rief er überrascht aus. „Ihr seid aber früh unterwegs!“

Neugierig betrachteten die beiden Mädchen den hochgewachsenen Indianerjungen.

„Das ist Rinnender Sand“, stellte Riley seinen Freund vor. „Er ist mein bester Schüler. Sein Vater ist Adlerflügel, der Häuptling der Schirokesen.“

Rinnender Sand verbeugte sich anmutig. Seine dunklen Augen streiften die Mädchen und blieben bewundernd an den prächtigen Stuten hängen.

„Schöne Pferde!“

„Dies ist Bernstein“, erklärte Nita und wurde ein wenig rot. „Vater hat sie mir gekauft. Vorher gehörte sie Betsy.“

„Und das ist Lady Guinevre.“ Betsy zog die Zügel leicht an.

Das schöne schneeweiße Tier nickte stolz mit dem Kopf, so als nähme es die

Vorstellung gnädig zur Kenntnis. Alle lachten.

„Reitet ihr ein Stück mit uns?“ fragte Nita. Sie dachte an Schneewolke. Sie liebte sie noch immer. Vielleicht würde Rinnender Sand mit sich reden lassen.

„Wir suchen ein durchgebranntes Pferd“, erklärte Riley. „Habt ihr in dieser Gegend zufällig einen Schimmel gesehen?“

„Einen Schimmel?“ wiederholte Nita höchst erstaunt. „Meint ihr etwa Schneewolke?“

Riley nickte. „Du weißt, daß er Rinnender Sand gehört?“

„Ich habe ihn gefangen und in den Pferch von Carl Smarr gebracht“, erklärte Rinnender Sand.

„Ja, leider ist dort in der letzten Nacht ein Feuer ausgebrochen“, fuhr Riley fort. „Der Pferch ging in Flammen auf.“

Nita stockte der Atem. „Schneewolke – ist er verletzt?“

„Wir glauben schon. Der Pferch brannte lichterloh, als Schneewolke ausbrach.“

„Nein!“ schrie Nita entsetzt. „Wir helfen euch natürlich beim Suchen.“

Rinnender Sand blickte Nita flehend an. „Riley erzählte mir, du hättest das Pferd mit Rüben gefüttert. Weißt du, wo es sich besonders gern aufhält?“

„Schneewolke liebt den Wald“, sagte Nita mit leiser Stimme. „Am besten suchen wir ihn dort.“

Riley lächelte. „Dorthin wollten wir gerade reiten – also, dann kommt!“

Sie waren schon eine Weile geritten, da fragte Nita: „Du, Rinnender Sand, was machst du mit dem Pferd, wenn du es gefunden hast?“

„Ich bringe es zu meinem Vater.“ Die Augen des Indianerjungen wurden ernst.

„Riley stellte dich als seinen besten Schüler vor. Heißt das, du wirst mit ihm zusammen auf der Missionsstation arbeiten?"

Rinnender Sand lächelte. Seine weißen Zähne blitzten. „Ich weiß nicht, ob es mein Vater erlaubt."

„Es erlaubt? Glaubt er denn nicht an den Herrn Jesus Christus?"

Rinnender Sand schüttelte den Kopf. „Mein Vater ist Häuptling. Aber er wurde auch gelehrt, ältere Leute zu ehren. Unser ältester Mann im Dorf ist Große Lange Schlange."

„Ist das ein wichtiger Mann?"

„Er ist unser Medizinmann!"

„Oh", flüsterte Nita erschrocken. „Ich habe viel von Medizinmännern gehört. Sie glauben an Glücksbringer, an Zauberei, an den Sonnengott und an Beschwörungen. Oder hat euer Medizinmann einen anderen Glauben?"

„Große Lange Schlange glaubt an die ewigen Jagdgründe. Er glaubt an den großen Geist, aber nicht an Jesus Christus. Große Lange Schlange denkt, daß er mit guten Taten und vielen Skalps die Gunst des großen Geistes gewinnen kann. Er weiß nicht, daß das ein falscher Glaube ist. Mein Vater weiß es auch nicht."

Nita wunderte sich. „Trotzdem darfst du die Indianerschule besuchen?"

„Ja. Es gibt auch bei uns Indianer, die an Jesus Christus glauben. Aber diejenigen, die noch dem großen Geist gehören, sind oft sehr böse auf die Christen. Mein Vater läßt es aber nicht zu, daß die Christen aus dem Stamm gestoßen werden. Er denkt, wenn ich etwas von diesem Glauben verstehe, könnte ich ihm helfen zu vermitteln."

„Und nun bist du selbst ein Christ!" lächelte Nita.

„Ja, damit hatte er nicht gerechnet. Aber böse ist er mir deshalb nicht."

„Wenn du einen Wunsch frei hättest, was würdest du dir wünschen?" fragte Nita plötzlich. „Daß du Schneewolke wieder findest?"

Rinnender Sand lächelte. „Ich habe noch einen größeren Wunsch." Seine Augen wurden ernst und voller Sehnsucht. „Ich bete jeden Tag, daß mein Vater auch an Jesus glaubt", seufzte er leise.

Nita wußte, daß sie nun nichts mehr sagen durfte.

Sie hatte einen neuen Freund gefunden.

Zwischen Himmel und Erde

Schneewolke war wieder frei. Doch sein Rücken war voller Brandwunden. Der furchtbare Schmerz trieb ihn in die Berge. Sobald er Wasser fand, trank er in vollen Zügen.

Schließlich kam er zu einem steinigen Pfad, der in die Höhe führte. Auf einem Felsvorsprung legte er eine kurze Rast ein. Hier fühlte er sich sicher. Eine kühle Brise berührte seinen Rükken und brachte ein wenig Linderung. Schneewolke schloß die Augen und überließ sich dem frischen Wind. Er fühlte sich unendlich müde.

Als Carl Smarr die Wegbiegung erreichte, entdeckte er die Hufspuren. Sie waren noch frisch. Der sonst so ruhige Wallach neigte den Hals, schnupperte und versuchte, seitwärts auszubrechen. Sofort blickte Smarr nach oben. Am Ende des Pfades stand – Schneewolke. Er schien gar nicht zu merken, was um ihn herum passierte. Mit geschlossenen Augen stand das Pferd auf dem Felsvorsprung. Carl lachte kurz und trocken auf. Blitzschnell griff er nach dem Seil und band ein Ende an seinem Sattel fest. Er stand in den Steigbügeln, als er die Schlinge auswarf. „Summ!“ sang das Lasso. Die Schleife glitt über Schneewolkes Kopf und zog sich zusammen.

Schneewolkes Augen weiteten sich vor Schreck. Er roch den Mann mit der Peitsche, bei dem das furchtbare Feuer ausgebrochen war. Entsetzt wieherte er auf.

Dann begann er kräftig zu ziehen. Die Schmerzen waren vergessen.

Schneewolke wußte nur eins: Er wollte frei sein. Niemals würde er in den Pferch dieses Mannes zurückkehren.

Der Mann stieg ab. „Warte nur, diesmal werde ich dir den Meister zeigen!" zischte er.

Dabei glitt das Seil vom Sattel und fiel auf den Boden. Carl bückte sich und versuchte hastig, das Ende des Lassos um eine junge Zwergeiche nahe der Felskante zu binden. Schneewolke zog mit aller Macht. Carl verlor den Halt. Er stemmte die Füße gegen die Wurzeln des Baumes – zu spät. Als er sich in einer verzweifelten Bewegung nach vorn warf, verfing sich sein Arm in der Schlinge des Lassos. Der Mann hörte das Krachen. Schneewolke blickte entsetzt zurück. Die Erde an der Felskante gab nach. Carl begann zu rutschen. Ein großer Felsbrocken donnerte ins Tal und riß den Mann mit sich.

Schneewolke fühlte das Gewicht des Mannes. Etwa drei Meter unten baumelte er am Seil. Er schlug hin und her wie ein Pendel. Seine Schreie hatten nichts Menschliches mehr an sich.

Schneewolke stand bewegungslos da. Er keuchte vor Schmerz, wandte sich und versuchte, dem Seil auszuweichen, das wie ein Messer in seinen verbrannten Rücken schnitt.

Jedesmal, wenn das Seil wie ein Pendel gegen den Felsen schlug, lösten sich zwei oder drei Strähnen. Carl Smarr sah entsetzt hoch. Es war unmöglich, an dem Seil nach oben zu klettern. Wenn das Seil riß ...

Unter ihm warteten zackige Felsblöcke und tiefe Schluchten. Verzweifelt blickte er in den sonnigen Himmel. Gab es einen Gott?

„O Gott!" schrie er. Diesmal war es kein Fluch. „O Gott, hilf mir!"

Etwa eine Meile von Schneewolke und dem Mann in Todesangst entfernt trennten sich Riley Sage und Rinnender Sand voneinander. Einer von beiden würde Schneewolke sicher finden.

Rinnender Sand hoffte nach jeder Wegbiegung, das weiße Pferd zu erblicken. Schneewolke sollte sein Freund werden. Er wollte ihn nicht besitzen oder beherrschen, dazu achtete er die Würde und Schönheit des Tieres zu sehr. Sicher hatte es schlimme Brandwunden. Er würde sie mit Kräutern und Bärenfett heilen.

Plötzlich spitzte sein Pferd die Ohren. Von weither ertönten unheimliche Laute. Es klang wie der Schrei eines Menschen in höchster Not. Rinnender Sand preschte vorwärts. Was er dann sah, ließ ihm das Blut in den Adern stocken.

Dort oben auf dem Felsen stand Schneewolke. Einige Meter unterhalb des Felsens baumelte ein Mann. Die Felswände hallten von seinen schrecklichen Schreien wider. Das Pferd wieherte, während es gegen das Seil ankämpfte.

„Es wird reißen!" dachte der Indianerjunge erschrocken. „Jeden Moment kann es reißen!"

Kein Weg führte zu dem Mann. Die Hilfe mußte von oben kommen. Aber würde das Seil halten, bis Rinnender Sand ihn erreichte?

Während er zum Felsen preschte, betete er: „O Jesus, führe mich! Hilf mir, den Mann rechtzeitig zu erreichen!"

In Carl Smarr wurden all die kleinen und großen Sünden lebendig, die er je begangen hatte. Da war die junge Frau, die er fast besinnungslos geschlagen hatte, als sie mit dem Zirkusclown davonlaufen wollte. Da war die Muschelkette, die er dem Zirkusreiter unter den Sattel geschoben hatte, weil der ihn um den begehrten Silberpokal gebracht hätte. Ja, seine Schlauheit hatte ihm den Sieg gebracht. Aber der andere war einige Wochen später an einer Gehirnblutung gestorben.

Er hatte betrogen und gelogen, zuviel, um alles aufzuzählen.

Carl Smarr hing vornüber, die Augen geschlossen. Seine rechte Seite war ohne Gefühl. Die Angst hatte ihn gepackt wie eine riesige Faust.

„O Gott, vergib mir!“ brüllte er voller Verzweiflung. „Wo bist du, Gott? Hilf mir doch!“

Er wußte plötzlich, daß er verdient hatte, in den Tod zu stürzen. Wollte Gott ihn überhaupt noch hören?

Plötzlich hörte er über sich ein Geräusch. Irgend etwas streifte seine Nase.

„Ich lasse das Seil bis zu Ihren Füßen fallen. Versuchen Sie, in die Schlinge zu treten!“ sagte eine Stimme.

Carl öffnete die Augen. Träumte er? Hatte die Angst ihn schon wahnsinnig gemacht?

Oben auf dem Felsen erblickte er ein kupferrotes Gesicht und langes schwarzes Haar. Zwei braune Hände ließen ein Seil herab. Die Schlinge stieß an seine Füße. Carls rechter Arm war ohne Gefühl, er konnte das Seil nicht fassen. Nur die Füße konnte er noch bewegen. Endlich fühlte er, wie die Schlinge über seine Beine glitt. Sie rutschte langsam höher, über die Knie bis zur Hüfte. Dann merkte er, wie er vorsichtig höher gezogen wurde.

Carl merkte nicht, daß er die ganze Zeit über wie ein Verrückter schrie. Endlich lag er oben. Sein Atem ging keuchend. Die Angst hatte tiefe Linien in sein Gesicht gegraben. Still lag er da und schaute auf den Jungen

Es dauerte lange, bis er die Sprache wiederfand. Leise fragte er: „Warum hast du das getan? Warum hast du mich nicht fallen lassen?"

Rinnender Sand atmete tief. „Gott liebt Sie genauso, wie er mich liebt."

„Ich habe dich aber angelogen", flüsterte Carl. „Ich habe dein Pferd gestohlen!"

„Jeder Mensch ist schuldig vor Gott", antwortete Rinnender Sand. „Aber Gott will unsere Sünden vergeben."

„Dort unten habe ich gebetet, hörst du, das erste Mal in meinem Leben richtig gebetet. Und Gott hat mich erhört." Er drehte den Kopf, um sein Gesicht im feuchten Gras zu verbergen. „Ich weiß, daß Gott dich geschickt hat, um mich zu retten", stieß er hervor. „Was soll ich tun?"

„Sie müssen an Jesus glauben, dann sind Sie wirklich gerettet!“

Carl nickte mühsam. „Von Jesus habe ich schon oft gehört. Verstanden habe ich es nie.“

Rinnender Sand setzte sich auf den Boden und verschränkte die Arme vor der Brust. „Ich werde Ihnen von ihm erzählen!“ Mit warmen, freundlichen Augen blickte er den Mann an, der hilflos im Gras lag.

„Jesus ist der Sohn Gottes. Er ist der König über das ganze Weltall. Und dieser König wurde ein armer und schwacher Mensch, weil er die Menschen sehr liebte. Er war aber nicht nur ein Mensch, sondern auch Gott, und deshalb sündigte er nicht.“ Rinnender Sand machte eine Pause.

„Erzähl nur weiter!“ hauchte Carl Smarr.

„Er ist in die Welt gekommen, um

für die Sünden der ganzen Menschheit zu leiden und zu sterben."

„Auch für meine Sünden?"

„Ja, für meine und für Ihre natürlich auch. Dieser Jesus Christus starb unter furchtbaren Qualen am Kreuz. Gott hatte alle Sünden auf ihn gelegt und ihn dann dafür gestraft. Daran sehen Sie auch, wie ernst Gott die Sünde nimmt." Rinnender Sand lächelte. „Wenn Sie nun dieses Opfer für sich in Anspruch nehmen, dann sind Ihre Sünden vergeben. Gott hat ja Jesus schon dafür bestraft. Verstehen Sie das?"

Carl nickte.

„Es gibt nur eine Bedingung, damit die Sünden vergeben werden: Sie müssen an diesen Jesus Christus glauben und ihm vertrauen."

„Ich will es gern glauben", flüsterte Carl. „Meinst du, ich schaffe es?"

„Man muß es nur wollen. Jesus selbst

schenkt dann den Glauben. Er ist ja auferstanden, er lebt."

„Jesus lebt?" Carl wunderte sich. „Wo ist er denn jetzt?"

Rinnender Sand lachte. „Er ist bei Gott. Eines Tages wird er vom Himmel auf die Erde zurückkehren und die Welt richten und regieren. Aber er ist auch hier, direkt bei uns. Er hat ja versprochen: ‚Wo zwei oder drei in meinem Namen versammelt sind, da bin ich mitten unter ihnen'."

Plötzlich erkannte Carl, was zwischen ihm und Gott geschehen war, als er dort am Seil hing, zwischen Himmel und Erde. Er wußte: Er hat mir vergeben. Ich darf an Jesus glauben! Carl blickte zum Himmel und überlegte laut. „Etwas ist in mir geschehen. Ich fühle mich frei und rein. Noch nie habe ich solchen Frieden gekannt."

Carl Smarr richtete sich auf, und sie

reichten sich die Hände. Als Carls Blick auf das weiße Pferd fiel, das noch immer bewegungslos auf dem Felsen stand, lächelte er frei und glücklich: „Ist es nicht sonderbar? Ich will das Pferd gar nicht mehr haben. Es gehört dir."

Was tut Häuptling Adlerflügel?

Riley hatte den Weg auf der anderen Seite des Felsens gewählt. Er war kaum eine Viertelmeile geritten, als ihm ein Indianer auf einem scheckigen Schimmel entgegenkam. Es war Häuptling Adlerflügel. Seine Gestalt drückte große Würde aus. Über seinen Schultern hing ein Köcher mit vielen Pfeilen und ein straff gespannter Bogen. Sein langes schwarzes Haar war in Zöpfe geflochten und mit Lederbändchen und Federn geschmückt.

Riley lächelte, als der Häuptling sich vor ihm verneigte und ihn mit ernster Stimme begrüßte. Er blickte zu Boden und wies auf die frischen Hufspuren.

„Ich habe ihn noch nicht gefunden, aber er muß in der Nähe sein."

„Wer?" entfuhr es Riley, obwohl er wußte, wen der Häuptling suchte.

Der Indianer blickte ihn ruhig an. „Weißer Mann hat Pferd von meinem Sohn geschlagen. Weißer Mann erzählt Lügengeschichten von mir. Ich muß ihn bestrafen."

Riley wählte seine Worte sorgfältig aus: „Ist denn die Ehre eines Häuptlings durch die Rede eines Nichtswürdigen so zu erschüttern?"

Adlerflügel schüttelte betrübt den Kopf. „Nein. Aber mein Sohn liebt weißes Pferd mehr als mich. Niemand darf es ihm wegnehmen." Er hob sein kupferrotes Gesicht und betrachtete die Blätter der Bäume. „Weißer Mann hat meinen Sohn angelogen. Hat sein Pferd genommen und gelogen." Nachdenklich strich er mit seinen langen, schlanken Fingern über einen federgeschmückten Pfeil.

„Komm mit mir!“ forderte Riley ihn auf. „Dein Sohn ist in der Nähe. Wir suchen gemeinsam das weiße Pferd.“

„Weißer Mann ist auch hier“, brummte Adlerflügel. „Kann sein, daß wir ihn zuerst treffen.“ Er rückte seinen Bogen zurecht. Hinter seiner Stirn arbeitete es.

Riley blickte nachdenklich in die feinen, aber nun steinharten Gesichtszüge. Häuptling Adlerflügel wollte sich offenbar rächen.

„Wenn ich nur seine Gedanken ändern könnte!“ dachte Riley. „Aber wie kann man eine Meinung ändern, die bestimmt wird von Stolz und Vorurteilen? Eine Meinung, die in der Lebensweise der Indianer verankert ist? Carl Smarr, wo immer du bist, ich bete für dich. Gott schütze dich!“

Die beiden Männer ritten langsam weiter.

Wortfetzen drangen zu ihnen herüber. Sie erkannten die Stimmen von Rinnender Sand und Carl Smarr.

Riley blickte den Häuptling voller Sorge an. Was würde er tun?

Schweigend verharrte Adlerflügel auf dem bewegungslos stehenden Pferd. Die Männer konnten nun deutlich verstehen, was gesprochen wurde.

Riley merkte, daß die strengen, dunklen Augen des Häuptlings einen weichen Glanz bekamen.

„Ich bin gekommen, einen Mann zu strafen“, sagte dieser plötzlich leise und würdevoll. „Mein Sohn aber ist gekommen, um den gleichen Mann zu retten.“ Eine Weile schwieg er. „Nun habe ich gesehen, wie das ist mit Jesus Christus und meinem Sohn. Rinnender Sand hat mir neue Gedanken gegeben.“

Rileys Augen begegneten den Blikken von Rinnender Sand. Beide hielten den Atem an.

„Mein Volk hat große Sorgen." Häuptling Adlerflügel hängte Bogen und Pfeile an einen Wacholderbusch. „Ich will noch mehr von eurem Gott hören. Kommt mit meinem Sohn in das Dorf der Schirokesen und erzählt von dem gnädigen Gott. Wenn er der wirkliche Gott ist, dann gehört er nicht nur euch, sondern allen Menschen. Roter Mann, weißer Mann, gelber Mann, schwarzer Mann – jedermann."

„Willst du ihn auch kennenlernen?" Riley war voller Freude.

„Ja. Es wird lange dauern, bis wir diese Dinge verstehen. Ich glaube aber, daß sie sehr gut sind", meinte Adlerflügel.

Dann wandte er sich Carl Smarr zu: „Ich will dich nicht mehr töten." Er nickte dem weißen Mann würdevoll zu.

Carl wußte, daß die Sache damit erledigt war und atmete erleichtert auf. Sein Herz war voller Dankbarkeit. „In meinem Laden ist vieles, das dein Volk brauchen kann“, sagte er mit einer Freundlichkeit, die man an ihm noch nie erlebt hatte. „Bis jetzt habe ich immer alles teuer verkauft – viel zu teuer für euch. Schicke deine Leute zu mir! Sie sollen sich holen, was sie brauchen.“

Adlerflügel sah ihn prüfend an. Er konnte nicht fassen, daß dieser Mann solche Dinge sagte. Was war mit ihm geschehen? Konnte ein Mensch sich so verändern? Doch ein Blick in Carls Augen überzeugte ihn. Er nickte.

„Gut, ich werde es meinen Leuten sagen.“

Schneewolke stand noch immer auf dem schmalen Felsen. Langsam und vorsichtig ging Rinnender Sand auf ihn zu. Carls Lasso hing noch immer an Schneewolkes Hals. Während der Indianerjunge behutsam an dem Seil zog, sprach er unentwegt mit leiser, beruhigender Stimme auf das Pferd ein.

Schneewolke betrachtete ihn neugierig. Er erkannte den Freund und wieherte ihm erfreut zu. Doch als er spürte, wie das Seil an seinem Hals sich straffte, zog er schnaubend zurück.

„Komm zu mir, weiße Wolke!" schmeichelte Rinnender Sand. „Du weißt doch, ich tue dir nichts. Ich will dir helfen. Ich heile deine Wunden. Komm!"

Die leise, sanfte Stimme erinnerte Schneewolke an weiche Hände, die ihn gestreichelt hatten. Frisches, duftendes Heu hatte er durch diese Hände erhalten. Diesen Mann brauchte er nicht zu fürchten.

Rinnender Sand zog nun das Seil wieder an, und Schneewolke ließ es willig geschehen. Gehorsam folgte er dem Jungen den schmalen Pfad hinunter.

Die drei Männer ritten langsam mit ihnen.

„Ich bin stolz auf dich, mein Sohn“, sagte Häuptling Adlerflügel, und sein dunkles Gesicht leuchtete vor Freude. „Geh nur voraus! Bring dein Pferd nach Hause!“

Daheim

Seit über einer Woche war Schneewolke nun schon auf der Weide der Arlottis. Dank bester Pflege sah sein Rücken fast wieder normal aus.

Pietro und Nita saßen auf dem Weidengatter und beobachteten die Pferde.

Vor allem zwei hatten es ihnen angetan: Bernstein und Schneewolke.

„Es ist wirklich erstaunlich, wie schnell die beiden miteinander Freundschaft geschlossen haben“, sagte Nita verwundert.

Pietro nickte. „Sieh mal“, lachte er, „sie reiben sich die Nasen.“

„Ja, Bernstein hat ihm Klee angeboten, und Schneewolke will ihn nicht annehmen. Es sieht aus, als würden sie wie die Erwachsenen zueinander sagen: ‚Nach Ihnen bitte!'" Sie kicherten.

Pietro wurde nachdenklich. „Weißt du, was ich nicht begreife? Warum hat Rinnender Sand seine Schneewolke auf unsere Weide gebracht?"

„Er hatte vor, ihn seinem Vater zu schenken. Aber der wollte ihn nicht annehmen."

„Warum? Mag Häuptling Adlerflügel keine weißen Pferde?"

„Natürlich mag er sie. Aber er sagt, er könne nicht als Geschenk annehmen, was sein Sohn so hart erkämpft hat."

Pietro schüttelte den Kopf. „Das verstehe ich nicht. Ich glaube, die Indianer denken anders als die Weißen."

Nita zog ihre Stirn kraus. „Ich glaube nicht, daß sie anders denken, Pietro", sagte sie nachdenklich. „Manchmal überlege ich, warum die Menschen das große Geschenk Gottes nicht annehmen wollen."

Eine Weile schwiegen beide.

„Nita, bist du traurig, weil Schneewolke nun nicht dir gehört?" durchbrach Pietro die Stille.

Nita warf ihm einen kurzen Blick zu. „Ja, ein wenig. Aber Schneewolke wird das Pferd eines großen Mannes sein. Wir werden es immer bei uns sehen. Riley sprach einmal darüber."

„Über Rinnender Sand und Schneewolke?"

„Nein, über die Habgier."

„Habgier?" wiederholte Pietro fragend.

„Ja, wenn jemand immer noch mehr haben möchte. Wenn er mit nichts zufrieden ist und sich Dinge wünscht, die ein anderer hat."

Pietro lächelte. „Schneewolke ist sehr schön. Da kann man doch verstehen, daß du ihn gern für dich haben möchtest."

„Die Schönheit ist auch eine Gabe Gottes." Nita strich nachdenklich ihr schwarzes Haar zurück. „Riley erzählte auch, wozu es die Schönheit gibt. Wir sollen darin Gottes Vollkommenheit erkennen. Als Gott die Erde erschaffen hatte, sagte er: ‚Es ist alles gut'. Leider haben die Menschen schon ziemlich viel kaputtgemacht und manche schönen Dinge verdorben."

„Ich weiß, was noch nicht verdorben ist", grinste Pietro spitzbübisch.

„Und das wäre?" fragte Nita.

„Der See hinter unserem Haus. Der ist so klar und sauber. Und weißt du was, ich habe Lust zu schwimmen!"

„Ich auch!" lachte Nita und sprang vom Gatter herunter.